Manfred Backhausen

Segeln unter falscher Flagge

Manfred Backhausen

Segeln unter falscher Flagge

Vaganten-"Kirchen" heute

Fromm Verlag

Impressum / Imprint
Bibliografische Information der Deutschen Nationalbibliothek: Die Deutsche Nationalbibliothek verzeichnet diese Publikation in der Deutschen Nationalbibliografie; detaillierte bibliografische Daten sind im Internet über http://dnb.d-nb.de abrufbar.

Bibliographic information published by the Deutsche Nationalbibliothek: The Deutsche Nationalbibliothek lists this publication in the Deutsche Nationalbibliografie; detailed bibliographic data are available in the Internet at http://dnb.d-nb.de.

Verlag / Publisher:
Fromm Verlag
ist ein Imprint der / is a trademark of
OmniScriptum GmbH & Co. KG
Heinrich-Böcking-Str. 6-8, 66121 Saarbrücken, Deutschland / Germany
Email: info@frommverlag.de

Herstellung: siehe letzte Seite /
Printed at: see last page
ISBN: 978-3-8416-0439-2

Inhalt

Unsere Zeit kennt das Phänomen das sich Menschen von den etablierten Religionen und Kirchen abwenden – manche werden Atheisten, andere werden evangelikal, pfingstlerisch oder aber sie werden Esoteriker.

Wappen des US-Vagantenbischofs Judd

Dabei kann es vorkommen, das solche Menschen den etablierten Kirche Aberglauben vorwerfen, dann aber in ein Fahrwasser geraten, das bestimmte Volksfrömmigkeiten und Aberglauben in den Kirchen als Hort des Fortschritts erscheinen lässt.

Doch auch das reicht einigen Menschen noch nicht aus. Ihre Sehnsucht ein geistliches Amt auszuüben, verbunden mit Vollmachten, Amtstrachten, liturgischen Gewändern, lässt sie Ausschau halten nach entsprechenden Möglichkeiten. Da Ihnen in den etablierten Kirchen ein solcher Weg verbaut ist, fast immer schon aufgrund mangelnder Bildung, gründen sie dann ihre eigenen „Kirchen“, leben von kirchlichen Serviceleistungen, die sie denen anbieten, die längst die richtigen Kirchen verlassen haben, aber doch ganz gerne den Schein aufrecht erhalten möchten – z.B. bei der eigenen Beerdigung.

Wappen des US-Vagantenbischofs Theriault

Solche Phänomene kennen wir im evangelischen Bereich fast gar nicht, möglicherweise ist deren Liturgie und sind deren Amtstracht zu schlicht. Also versucht man mehr oder weniger erfolgreich den „Katholizismus“ nachzuahmen. Ausnahmen im evangelischen Bereich sind hier die sog. hochkirchlichen Gruppen, z.B. das Hochkirchlichen Apostolats St. Ansgar, die aber auch wieder starke Anlehnungen an den Katholizismus haben. Erste Ansätze gab es bereits 1918. Ende der 1960er Jahre beschloss der evangelische Kreisberufschulpfarrer Karl August Hahne in Gelsenkirchen eine eigene hochkirchliche Bruderschaft zu begründen - Hahne hatte schon vorher einen Kreis interessierter Theologen und Laien um sich geschart, mit denen er regelmäßig hochkirchliche Messen feierte und die er zu einer festen hochkirchlichen Gemeinschaft umzugestalten hoffte. Vom Vaganten-Bischof[1] Echternach, der damals die St. Athanasius-

[1] nach der kirchenrechtlichen Bezeichnung Episcopi Vagantes, bedeutet umherschweifende Bischöfe ohne eigenes Bistum

Bruderschaft leitete, empfing er im August 1971 die Priesterweihe und im Dezember des gleichen Jahres von „Bischof“ Heuer, dem Leiter des Ordo Militiae Templi Jerusalem, auf Empfehlung von „Bischof“ Echternach die Bischofsweihe in apostolischer Sukzession.

Wenn in dieser Untersuchung auch der Hauptaugenmerk auf Deutschland und den USA liegt, gibt es solche Bewegungen auch anderswo.

So trat vor einiger Zeit ein österreichischer alt-katholischer Geistlicher, der noch kurz davor die Geschichte seiner Kirche publiziert hatte, aus der Alt-Katholischen Kirche Österreichs aus und betätigt sich seitdem als „freier Theologe“. Interessant ist hier seine Selbstdarstellung, in der ganz unverblümt davon die Rede ist, das seine Dienstleistungen verkauft werden: „... Eine Gruppe von Alt-Katholiken, von Freunden der alt-katholischen Bewegung und von Dr. Christian Blankenstein haben sich im Herbst 2009 zum Verein KOINONIA zusammen gefunden. Dieser Verein hat sich zum Ziel gesetzt, „freie“, also konfessions-übergreifende Seelsorge zu betreiben. Angesprochen ist jeder, der ein Anliegen hat, mit dem er –aus welchen Gründen auch immer – nicht zu den Großkirchen geht, sondern zu einem freien Theologen und zu einer überschaubaren Gruppe. Beim Verein KOINONIA, der ordnungsgemäß eingerichtet wurde, handelt es sich weder um eine eigene Kirchengründung, noch um eine Sekte, sondern um ein offenes Forum, in dem Christen verschiedener Konfession und fraglos auch jene, die keiner Kirche angehören, zusammen kommen. Uns geht es um das Thema Spiritualität, das gemeinsame Nachdenken über Themen, die uns Menschen tatsächlich bewegen, Austausch und Diskussion, Meditation, Gebet und Gottesdienstfeier, Rituale an den Lebenswenden, aber auch um ein Forum, in dem Vorträge, Konzerte und andere Veranstaltungen ihren Raum haben. Konkret lässt sich der Sinn unseres Vereins gemäß den Statuten folgendermaßen auf den Punkt bringen: Der Vereinszweck wird verwirklicht durch Entwicklung und Realisierung von praktischen

Kapelle in der Wiener Weilburggasse – hier amtiert Dr. Blankenstein-Halama, ehemaliger alt-katholischer Geistlicher, welcher jetzt einer Vaganten-Gruppe angehört.

Dr. Blankenstein-Halama, ein „freier Theologe“; Mitglied in einer Vaganten-Gemeinde

Angeboten freier Seelsorge: Seelsorgegespräche, Krisen – und Trauerarbeit, Gestaltung und Durchführung von Ritualen und Zeremonien, Projektarbeit, Gottesdienstfeiern und durch Entwicklung und Förderung der freien Seelsorge durch Öffentlichkeitsarbeit und Institutionelle Arbeit. Unser Vereinslokal ist die Kleine Kapelle in 1010 Wien, Weihburggasse 14, wo wir Gottesdienst feiern und seelsorgerliche Handlungen anbieten, die vom Gespräch hin zu Haus- und Krankenbesuchen, Lebens- und Sozialberatung bis hin zur Gottesdienstfeier, Meditation, Segnungsfeiern, Hochzeit und Trauerfeier reichen. ... Anfragen bezüglich der anfallenden Kosten u.ä. können Sie gerne per E-Mail oder telefonisch an mich richten...[2]“ Man fragt sich hier unwillkürlich, was dieser „freie Theologe“ sonst noch an „geistlichen Dienstleistungen“ anzubieten und wohl zu verkaufen hat.

Nachdem er meine erste Fassung dieses Beitrages im Internet gelesen hatte, bekam ich mehrere „Beschwerde-Emails“ von Herrn Dr. Blankenstein-Halama! Es sollen nachfolgend nur zwei Punkte hieraus ausgeführt werden, weil sie für sich selber sprechen:

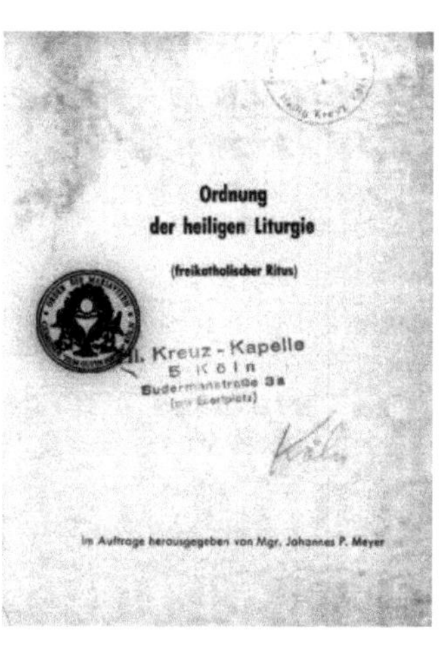

Der Vaganten-Bischof „Monsignore Johannes P. Meyer“ erlässt in den 1950er Jahren eine „Ordnung der heiligen Liturgie (freikatholischer Ritus)

„Ich bin Dr. der alt-kath. Theologie (der einzige in Österreich derzeit), ... Der Hinweis darauf meinte, daß ich weiss, wovon ich spreche, aus der Mehrzahl der derzeit in AUT tätigen ak Geistlichen bin ich einer der ganz wenigen, der studiert hat und auch ak geweiht ist. Das hat schon eine Bedeutung in einer Kirche, in der mehrheitlich ehemalige Römer tätig sind...!“ Und: „... ich bin Mitglied einer anderen Kirche geworden, die sich dem Verständnis nach auch altkatholisch ansieht. Natürlich haben Sie Recht, wer demnach nicht anerkannt alt-katholisch ist, fällt dann in die Schublade "vagant." Aber ich darf Ihnen mitteilen, daß unsere Kirche, die in verschiedenen europäischen Ländern bereits vertreten ist, die jeweilige staatliche Anerkennung anstrebt....“[3]

[2] http://www.blankenstein.at/index.php?kat=22&titel=Wer%20wir%20sind
[3] Emails von Dr. Blankenstein-Halama vom 01. Und 02.02.13; alle Emails im Archiv des Verfassers

Johannes P. Meyer als „Metropolit“ bei einer Beisetzung in den 1950er Jahren auf dem Kölner Nordfriedhof.

Und auch in der Slowakei kam es zu einer Vaganten-Entwicklung der ursprünglich Alt-Katholischen Kirche der Slowakei. Lese man hierzu die offizielle Erklärung des Office of Information and Communication of the International Old Catholic Bishops' Conference of the Union of Utrecht vom 14. Februar 2004: "Bischofskonferenz bricht Beziehungen zum bisherigen Bistumsverweser der Altkatholischen Kirche in der Slowakei ab. Nachdem bekannt wurde, dass sich der bisherige Bistumsverweser der Altkatholischen Kirche in der Slowakei, Augustin Bacinsky, am 8. Februar 2004 in Portugal vom Episcopus vagans Antonio Raposo zum Bischof hat weihen lassen, hat die internationale Altkatholische Bischofskonferenz (IBK) von Herrn Bacinsky distanziert und alle Beziehungen zu ihm abgebrochen. Die IBK hatte die Altkatholische Kirche in der Slowakei im Jahr 2000 als eigenständige Kirche der Utrechter Union anerkannt. Da die Kirche aber noch nicht ausreichend gefestigt schien, hat die Bischofskonferenz für deren Entwicklung gemäß erarbeiteter Richtlinien eine Frist bis 2006 gesetzt, während der der durch die Synode geweihte Bischof noch nicht geweiht werden sollte. In der Zwischenzeit. erfüllte der die Aufgabe eines Bistumsverwesers. Der Kirche wurde zur Unterstützung und für die Wahrnehmung der spezifischen bischöflichen Aufgaben, wie z.B. Priesterweihen, ein Delegat der Bischofskonferenz zur Seite gestellt. Diese Aufgabe erfüllte Bernhard Heitz, Bischof der Altkatholischen Kirche in Österreich.

Diesmal als „Landesbischof“: Johannes P. Meyer in den 1950er Jahren

Wie jetzt bekannt wurde, hat sich Herr Augustin Bacinsky am 8. Februar in Portugal vom Episcopus vagans Antonio Raposo zum Bischof weihen lassen. Dies geschah unter Umgehung der gesamten IBK und unter Missachtung des Statuts der IBK und ihrer darin festgehaltenen eklesiologischen Grundlagen. Herr Bacinsky hat dadurch gegenüber der IBK und seiner eigenen Kirche, sowie gegenüber der Ökumene und der Öffentlichkeit in der Slowakei jede Glaubwürdigkeit verloren, und der

Altkatholischen Kirche großen Schaden zugefügt. Aus diesem Grund hat sich die IBK entschieden von Herrn Bacinsky distanziert und alle Beziehungen zu ihm sofort abgebrochen. Die Altkatholische Kirche in der Slowakei steht nun vor der Entscheidung, ob sie sich von Herrn Bacinsky distanzieren und neu formieren will, um ihren Weg in der altkatholischen Tradition der Utrechter Union weiter zu gehen, oder ob sie gemeinsam mit A. Bacinsky in der sicheren Isolation zu einer Sekte werden will. Wie die Entscheidung ausfallen wird, wird die nähere Zukunft zeigen."[4]

Ein „Kirchenfenster" der sog. Kapelle Heilig Kreuz in Köln im Jahre 2006

In Deutschland, speziell im Rheinland kommt es immer wieder vor, dass die Alt – Katholiken[5] mit Gruppen verwechselt werden, die ganz bewusst ähnlich klingende Namen benutzen. So schrieb im Jahre 2005 eine Besuchern des Internet-Gästebuches der Kölner Alt – Katholiken: „...Hm... der Zufall (= der Künstlername Gottes ;-) hat mir das Gemeindeblatt der St.-Pauls-Gemeinde in die Hand gespielt. Was ich über euch lese, berührt mich und kommt meinem Denken und Fühlen sehr nahe. Lange schon bin ich auf der Suche nach einer Gemeinde, bei der ich mich zuhause fühle. Der Weg dorthin hat mich zur Protestantischen Exil-Katholikin gemacht... schmunzel. Im Dezember werde ich den Gottesdienst der Paulusgemeinde besuchen. Des langen Weges bin ich müde. Vielleicht komme ich bei euch endlich an..."

Die „Heilig Kreuz Kapelle" am Kölner Sudermannplatz 2006

Der verstorbene alt-katholische Pfarrer Wolfgang Kestermann antwortete darauf: „...Soweit ich weiß, nennt sich eine Vagantengruppe[6] hier in Köln "Paulus-Gemeinde". Weder staatskirchenrechtlich noch ökumenisch anerkannt, nennen sich diese Herren "alt-heilig-katholisch" und ernähren

---

[4] Die offizielle Erklärung liegt in Kopie im Archiv des Verfassers

[5] Dies gilt auch für die römisch-katholische Kirche, allerdings in schwächerem Umfang

[6] gemeint sind die Vaganten-Bischöfe oder Episcopi Vagantes

sich hauptsächlich durch die Beerdigung Konfessionsloser. Mit unserer Pfarrgemeinde haben sie nichts zu tun".

Dazu wurde sich auch im Gästebuch der Alt-Katholischen Pfarrei Köln geäußert: „...Ich beobachte seit rd. 20 Jahren eine sog. Kirche in Köln (Nähe Sudermannplatz). Gelegen in einem Keller ändert sie alle paar Jahre ihren Namen (Alt-Römisch-Katholisch, Kathedralegemeinde usw.) Bei den wenigen dahinter stehenden Personen handelt es sich immer um dieselben Menschen. Oft sind es solche, die den Wunsch haben ein geistliches Amt auszuüben. Da sie es "normal" nicht schaffen, "beschaffen" sie es sich. Einige haben sicherlich ein ernsthaftes Anliegen, doch da sie ihren Lebensunterhalt bestreiten müssen, enden die meisten als "Priester oder sogar Bischof verkleidete" Begräbnisredner. Vor allem aber: Es gab und gibt keine Gemeinde im christlichen Sinne. Ohne eine wirkliche Gemeinde aber kann es keine Kirche geben...[7]"

Die besagte „Kirche" trägt seit Jahrzehnten den Namen „Kapelle Heilig Kreuz" und befindet sich im Keller einer Großhandlung. Die phantasievollen Namen wechselten im Laufe der Jahre ständig: Freie Katholische Kirche mit einem „Metropoliten" an der Spitze, alt-byzantinisch-katholisch, alt-orthodox-katholisch usw.! Im Jahre 2006 wurden in einem Schaukasten die folgenden Phantasiebegriffe aufgeführt: „Hl. Messe im römisch katholischen Ritus des hl. Papstes Pius V; Klosterkapelle der Kölner Benediktiner[8]". Und auch der Begriff Kathedral-Kirche stand schon auf einem Schild neben der Eingangstüre. Wer und was aber verbergen sich hinter solchen Kellerlokalen? Wer hofft letztlich auf eine Verwechslung z. B. mit der Alt-Katholischen Kirche?

Sie nennen sich hochtrabend Metropolit, Exarch, Landesbischof, da diese Titel genauso wenig geschützt sind wie der des Pfarrers, und kleiden sich wie katholische oder orthodoxe Würdenträger. Pompöse Gewänder und klangvolle Namen sollen die fehlende Legitimation ausgleichen.

Diesen sogenannten freien Bischöfen, deren Hauptwirkungsfeld Großstadt-Friedhöfe sind, werden betrügerische Machenschaften im juristischen Sinne selten angelastet - wohl aber geistliche Hochstapelei. Köln und München galten lange als Hochburgen von „Gottes fünfter Kolonne".

---

[7] Zitiert nach Gästebuch der Kölner Alt-Katholiken unter http://www.ak-koeln.de/index.html (Stand: 30.04.2006)

[8] diese Pseudo-Benediktiner haben selbstverständlich nichts zu tun mit den Benediktinern innerhalb der römisch-katholischen und der anglikanischen Kirche

Diese „umherschweifenden Bischöfe“ sind - nach dem Fach-Lexikon ,,Oxford Dictionary of the Christian Church“ - Personen, die in irregulärer oder heimlicher Weise zum Bischof „geweiht“ wurden oder die, nachdem sie regulär konsekriert wurden, von der Kirche die sie weihte. exkommuniziert wurden und die mit keinem anerkannten Bischofsstuhl in Gemeinschaft stehen. Unter Konfessionskundlern hat sich für die meist winzigen Gruppierungen die Bezeichnung ,,freibischöfliche Kirchen" eingebürgert. In der Mehrzahl gelten sie nicht als Sekten, weil sie weder missionieren noch Sonderlehren vertreten. Ihre „Geistlichen" berufen sich auf angeblich echte Weihen und die apostolische Nachfolge" Gerade wegen der Fragwürdigkeit der Weihen, meist ebenfalls durch Vaganten-Bischöfe, lehnen die evangelischen und orthodoxen Kirchen und insbesondere die altkatholische Kirche (deren Geistliche häufig Verwechslungen mit falschen Amtsträgern ausgesetzt sind) jede Gemeinschaft mit diesen Pseudo-Kirchen ab.

Im Jahre 2006 nannte sich die Kellerkirche „Klosterkapelle der Kölner Benediktiner“, davor u.a. „Kathedral-Kirche“

Vaganten-Bischof Georg Fröbrich 1975

Wie aber wirken diese „Gemeinschaften“? Mitte der 1980er Jahre untersuchte ein Kölner Journalist die Szene.

„Wir haben da jemanden an der Hand, da können Sie ganz unbesorgt sein", versichert die Dame vom Bestattungsinstitut in einer Tonlage, die dem Problem angemessen ist. ,,Dieser Herr, ein Bischof", sei schon ,,in viel heikleren Fällen eingesprungen". Er mache ,,das im Talar, sehr würdig, christlich ausgerichtet". Natürlich halte er sich an die Bibel, aber er macht ,,das ganz nach Ihren Wünschen" Sie könne ihn aus eigener Erfahrung nur empfehlen, weil er ,,netter und vor allem menschlicher" auftrete als ,,normale Pfarrer, nicht so nullachtfuffzehn, wissen Sie". Schließlich darf man von einem Bischof ja auch etwas mehr Individualität verlangen.

Der Kollege von der Konkurrenz kann ebenfalls mit einem ,,richtigen Geistlichen" aufwarten. ,,Sie merken keinen Unterschied." Auch der Preis für die tröstenden Worte auf dem Friedhof ist der gleiche: 110,-- DM ("Das ist einheitlicher Gebührensatz"). Für das theologische Umfeld allerdings, aus dem der ,,Bischof" kommt, scheint sich der im Beerdigungsgewerbe erfahrene Mann bislang kaum interessiert zu haben: ,,Das ist", meint er vage, ,,eine Richtung für sich selbst, so eine Absplitterung." Eilig schiebt er die Garantieerklärung nach, ,,der Herr" wirke ,,sehr seriös, er ist ja auch ein echter Priester". Mit dem kleinen Unterschied freilich, auf das ,,Beerdigen von Grenzfällen" spezialisiert zu sein.

Immer dann, wenn einer Trauergemeinde verborgen bleiben soll, dass der liebe Verstorbene aus irgendeinem Grund, wegen Kirchenaustritts zum Beispiel, auf ein kirchliches Begräbnis verzichten musste, ist in vielen Großstädten die Stunde der ,,freien Bischöfe" bzw. Vaganten. gekommen.

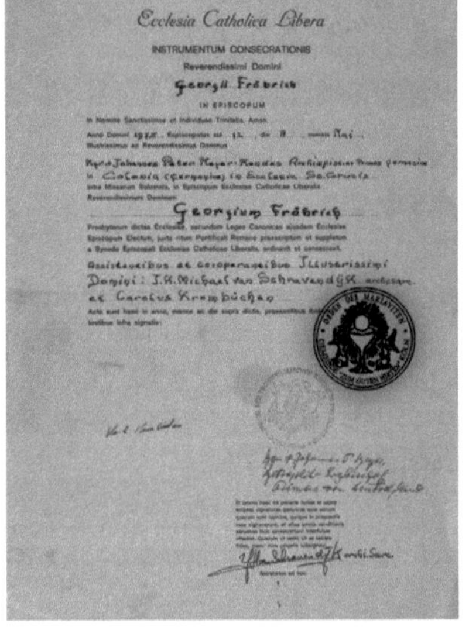
Ecclesia Catholica Libera

INSTRUMENTUM CONSECRATIONIS

Reverendissimi Domini

Georgii Fröbrich

IN EPISCOPUM

Georgium Fröbrich

„Weiheurkunde" des Vaganten-Bischofs Georg Fröbrich aus dem Jahre 1975

Um sich vor den Verwandten nicht der peinlichen Frage auszusetzen, wo denn der Pfarrer bleibt, wählen manche Leute diese Alternative und betrügen sich selbst. Aber ein religiöser Anstrich wird ja gewahrt", weiß ein evangelischer Pastor. In München betreibt dieses fromme Geschäft ein gewisser „Exarch Pietros", der zuweilen auch bescheidener als ,,orthodoxer katholischer Priester" auftritt. Kölner Bestatter griffen in Fällen, in denen trotz allem eine ,,christliche Trauerfeier" gewünscht wurde, auf ,,Landesbischof Meyer" zurück, nach seinem Tode teilen sich seine Nachfolger das Revier der kirchlichen Beisetzungen ohne wirklichen kirchlichen Hintergrund.

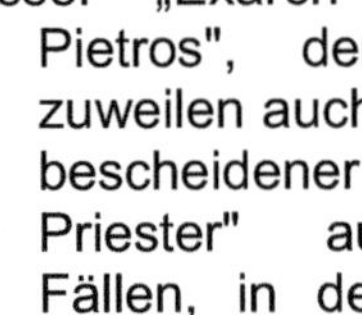

„Siegel" der Kölner Pseudo-Mariawiten

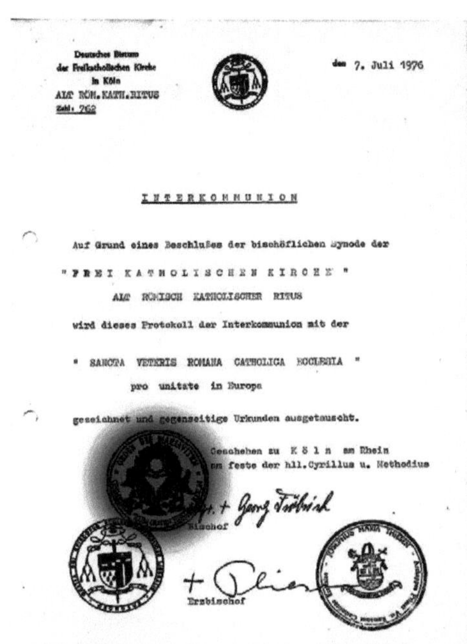

Deutsches Bistum
der Freikatholischen Kirche
in Köln
ALT RÖM.KATH.RITUS
Zahl: 762

den 7. Juli 1976

INTERKOMMUNION

Auf Grund eines Beschlußes der bischöflichen Synode der

" FREI KATHOLISCHEN KIRCHE "

ALT RÖMISCH KATHOLISCHER RITUS

wird dieses Protokoll der Interkommunion mit der

" SANCTA VETERIS ROMANA CATHOLICA ECCLESIA "

pro unitate in Europa

gezeichnet und gegenseitige Urkunden ausgetauscht.

Geschehen zu Köln am Rhein
am feste der hll. Cyrillus u. Methodius

+ Georg Fröbrich
Bischof

+ [illegible]
Erzbischof

„Bischof“ Georg Fröbrich und „Erzbischof“ Joseph-Maria Thiesen unterzeichnen 1976 eine Interkommunion-Erklärung zwischen zwei Vaganten-Gemeinschaften

Johann Peter Meyer gehörte zu den schillerndsten Figuren in der deutschen Vaganten-Szene. Schon im Krieg trat er mal als Diakon, mal als ehemaliger Prämonstratenser-Mönch auf und „erlangte“ schließlich sogar die „Priesterweihe“. Nach seiner ,,Bischofsweihe" durch einen französischen Vaganten gründete Meyer, der sich gern mit dem Doktortitel schmückte, obwohl er kein Abitur vorweisen konnte, die ,,Freikatholische Kirche in Deutschland“. Fortan trat er als deren ,,Landesbischof und Metropolit" auf.

In repräsentativ wirkenden ,,Weiheurkunden" mit imposanten Siegeln, aber nicht selten in fehlerhaftem Latein, nannte er sich von Zeit zu Zeit freilich auch schon einmal ,,Primas" - wie er es mit Titeln und Bezeichnungen grundsätzlich nicht sonderlich genau nahm. Auch im äußeren Erscheinungsbild zeigte Meyer Phantasie. Er variierte nach Gutdünken seine von der Amtstracht römisch-katholischer oder alt-katholischer Oberhirten abgeschaute „Dienstkleidung": Mal legte er sich eine Stola an, wie sie in den orientalischen Kirchen getragen wird, mal vermischte er orthodoxes Gepränge mit lutherischer Schlichtheit und band sich ein Beffchen um - immer in der zweifellos richtigen Erwartung, seine den etablierten Kirchen entfremdeten Kunden würden den Stilbruch nicht bemerken.

„Geistlicher“ Werdegang des „Bischofs“ Fröbrich

„Monsignore“ Meyer ist auch der

Herausgeber der „Ordnung der heiligen Liturgie (freikatholischer Ritus)“.[9]

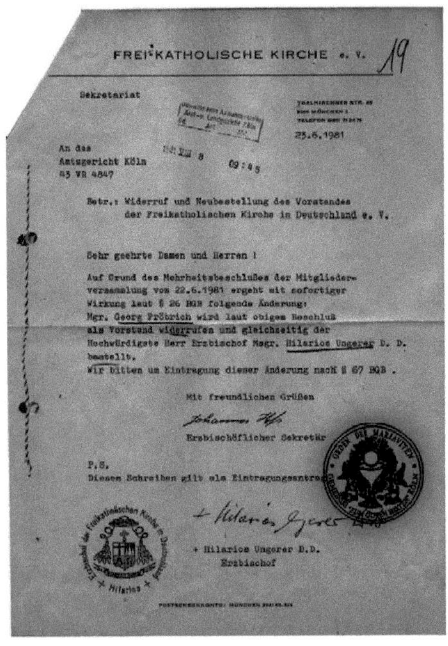

FREI-KATHOLISCHE KIRCHE e. V. 19

Sekretariat

23.6.1981

An das
Amtsgericht Köln
43 VR 4847

09:45

Betr.: Widerruf und Neubestellung des Vorstandes der Freikatholischen Kirche in Deutschland e. V.

Sehr geehrte Damen und Herren !

Auf Grund des Mehrheitsbeschlußes der Mitgliederversammlung vom 22.6.1981 ergeht mit sofortiger Wirkung laut § 26 BGB folgende Änderung:
Mgr. Georg Fröbrich wird laut obigem Beschluß als Vorstand widerrufen und gleichzeitig der Hochwürdigste Herr Erzbischof Msgr. Hilarios Ungerer D. D. bestellt.
Wir bitten um Eintragung dieser Änderung nach § 67 BGB .

Mit freundlichen Grüßen

Johannes [Unterschrift]
Erzbischöflicher Sekretär

P.S.
Dieses Schreiben gilt als Eintragungsantrag

+ Hilarios Ungerer
+ Hilarios Ungerer D.D.
Erzbischof

„Bischof“ Fröbrich wird 1981 abgesetzt

Meyer und seine in den späten achtziger Jahren schätzungsweise 60 bis 100 freibischöflichen Kollegen in der Bundesrepublik sind denn auch eher „Farbtupfer in der religiösen Landschaft". Diese Leute sind trotz ihres Hangs zur Selbstüberschätzung oft einsam und manchmal am Rande des Existenzminimums lebend nicht gefährlich. Auch wenn „da ab und zu mal etwas ausrutscht", wie es ein Konfessionskundler einmal ausdrückte. Wie etwa im Falle jenes Werners F., den das Landgericht Essen kürzlich wegen fortgesetzten Missbrauchs von Titeln und Betruges zu einer Bewährungsstrafe verurteilte. Er hatte als „Rector vicarius" einer „konfessionsungebunden und unabhängigen Alt-Röm.-Kath. Hochschule" gegen Bezahlung den Dr. phil. und einen ominösen „Dr. i.K." (Doktor im Kirchendienst) verliehen.

Der Wirkungskreis dieser Menschen richtet sich meist auf Wohnzimmer-Altäre, Privatkapellen und gelegentlich auf Friedhöfe, bleibt daher „eine randständige Erscheinung christlichen Kirchentums". Die „falschen Bischöfe" verbreiteten meist keine Irrlehren, sind oft „päpstlicher als der Papst". Ihr Verständnis vom Christentum freilich ist nach Ansicht des Kölner alt-katholischen Theologen Wilhelm Korstick „ziemlich verquer: es beschränkt sich auf Liturgie - ohne Gemeinde".

Mit bischöflichen Würden schmücken sich nach Beobachtungen von Werner Riediger, Religionslehrer und Autor einer Materialsammlung mit dem kessen Titel „Bischof werden ist nicht schwer..", neben den reinen Geschäftemachern vor allem vier Gruppen: Männer, die sich einen Kindheitstraum erfüllen wollen; gescheiterte Priester-Anwärter, Verheiratete, denen der reguläre Weg in den römisch-katholischen

[9] Ein kopiertes Exemplar befindet sich im Archiv des Verfassers

Klerikerstand verbaut ist; „anfällig" sind aber vor allem Angehörige von Berufen, die sich keines großen gesellschaftlichen Ansehens erfreuen, und für die klangvolle geistliche Titel und ein Stückchen Macht eine enorme Aufwertung bedeuten, zuweilen auch eine Persönlichkeitsstütze.

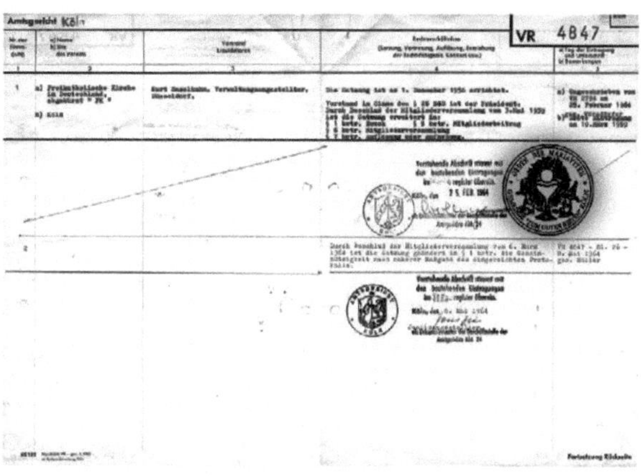

Amtsgericht Köln

VR 4847

Vereinsregisterauszug des Amtsgerichts Köln über die „Freikatholische Kirche in Deutschland; Ersteintrag 1959

Zum Beispiel das des Richard G. Seit „Landesbischof" Meyers Tod betätigt sich der Mann, der alltags, vorzugsweise im dunklen Anzug, Käufer von Mikrowellenherden, Staubsaugern und Haartrocknern berät, als Freizeit-Seelsorger. Sonntags um 10 Uhr zelebriert er in einem vielleicht 30 Quadratmeter großen Souterrain-Raum die Messe im selbst erfundenen, aber scheinbar wirksamen „altrömisch - katholischen Ritus". So steht es auf dem Messingschild am Eingang zum Hinterhof, über den man in die „Heilig Kreuz - Kapelle" gelangt. „Ich bin kein beamteter Geistlicher, ich bin berufstätig", klärt er kurz und bündig auf, „weitere Auskünfte nur im Kreise der Mitbrüder, Gott segne Sie."

Eine Art Personalbogen des „Bischofs und Metropoliten" Hilarius Ungerer; mit Streichungen und unkenntlich gemachten Teilen; wahrscheinlich 1982

Einer von ihnen, Georg F., gibt sich gesprächiger. „Geistlicher Beistand, Sakramentenspendung - das ist schließlich unsere Pflicht", sagt er. Wer wollte bestreiten. daß den ehemaligen Magazinverwalter bei seinem Wirken in der fremden Rolle vermutlich sogar echte Religiosität leitet? Er ist bemüht, seinen „Seelsorgeraufgaben" den Nimbus des Geheimnisvollen zu nehmen. Von „Wirken im Verborgenen", sagt der zurückgezogen lebende 72jährige

Rentner zwar, der sich freiwillig dem Zölibat unterwirft, könne keine Rede sein. Aber: ,,Propaganda lehnen wir natürlich ab“.

„Bet-Sing-Messe" im Tiefparterre, von manchem Nachbarn auch als „Katakombe" bezeichnet: Keine Türkontrolle, nur musternde Blicke einer älteren Frau rechts im Halbdunkel. Spannung wie vor einer spiritistischen Sitzung. Überall flackern Kerzen. Auch an Kruzifixen und Ikonen wurde nicht gespart, ein Seitenaltärchen ziert eine Pieta´. Georg F. agiert mit dem Rücken zum „Volk“, das an diesem Morgen aus ganzen vier Andächtigen besteht (,,Wir sind eine Diaspora-Gemeinde"), und murmelt zwischen deutschen Texten gelegentlich ein paar unverständliche lateinische Brocken. Würdevoll und formvollendet, ohne Zweifel. „In mancher Hinsicht sind wir", sagt F. später im Gespräch, ,,klerikaler als die Amtskirche“. Zwei Frauen in der zweiten Bank tragen Trauerkleidung: die eine hat ihren Mann vor 14 Tagen durch die ,,Heilig-Kreuz-Gemeinde" beisetzen lassen, die andere bittet den „Herrn Bischof“ später an der Tür, ob er ihren Vater zur letzten Ruhe geleiten könne, „so schön feierlich wie damals bei der Mutter“.

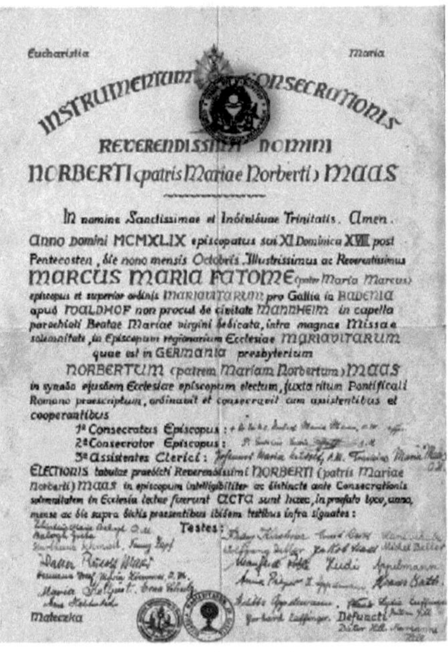
Eucharistia Maria

INSTRUMENTUM CONSECRATIONIS

REVERENDISSIMI DOMINI

NORBERTI (patris Mariae Norberti) MAAS

In nomine Sanctissimae et Individuae Trinitatis. Amen.

Anno Domini MCMXLIX episcopatus sui XI Dominica XVIII post Pentecosten, die nono mensis Octobris Illustrissimus ac Reverendissimus MARCUS MARIA FATOME (pater Maria Marcus) episcopus et superior ordinis MARIAVITARUM pro Gallia in BADENIA apud WALDHOF non procul de civitate MANNHEIM in capella parochiali Beatae Mariae virgini dedicata, intra magnae Missae solemnitatem, in Episcopum regionarium Ecclesiae MARIAVITARUM quae est in GERMANIA presbyterium NORBERTUM (patrem Mariam Norbertum) MAAS in synodo ejusdem Ecclesiae episcopum electum, juxta ritum Pontificali Romano praescriptum, ordinavit et consecravit cum assistentibus et cooperantibus

1° Consecrator Episcopus:

2° Consecrator Episcopus:

3° Assistentes Clerici:

ELECTIONIS tabulae praedicti Reverendissimi NORBERTI (patris Mariae Norberti) MAAS in episcopum intelligibiliter ac distincte ante Consecrationis solemnitatem in Ecclesia lectae fuerunt. ACTA sunt haec, in praefato loco, anno, mense ac die supra dictis praesentibus ibidem testibus infra signatis:

Testes:

Maleczka

Defuncti

„Bischofsweihe“ des Vaganten Norbert Maas

LITTERÆ ORDINATIONIS

MARIA MARCUS FATOME

DEI MISERICORDIA ET SANCTÆ SEDIS APOSTOLICÆ GRATIA,

SUPERIOR ET EPISCOPUS MARIAVITARUM IN GALLIA

Mariam Norbertum Maas

in ordine Mariavitarum

sufficientem et idoneum in examine repertum, ad Presbyteratum rite et canonice promovimus.

De Mandato Ill. et RR. DD. Episcopi Mariavitarum in Gallia.

„Priesterweihe“ von Norbert Maas

Am nächsten Sonntag wird sich wieder eine andere kleine Beterschar zum ,,Requiem" versammeln. Denn die ,,Gemeinde" rekrutiert sich im Wesentlichen aus den Hinterbliebenen der Verstorbenen, die F. und sein Mitbruder G. jeweils in der Woche zuvor beerdigt haben.

G., als Monsignore steht er im Telefonbuch, war es auch, der vor kurzem einen fast nur aus Männern in violetten und schwarzen Talaren bestehenden Trauerzug auf dem Kölner Nordfriedhof anführte. Man trug den 90jährigen Josef Maria Thiesen zu Grabe, seines Zeichens ,,Erzbischof der alt-römisch-katholischen Kirche". Vaganten unter sich. Thiesen, wie nicht wenige der selbsternannten Bischöfe ein von seiner Kirche enttäuschter Ex-Katholik, kam in jungen Jahren mit einer „Alt-Christlichen Mission" in Berührung. Der gelernte Drucker wurde später sogar ,,Chorbischof" dieser in Österreich entstandenen Sekte und gründete deren deutschen Ableger. Doch als Unklarheiten über damit verbundene Vollmachten auftauchten, ließ sich Thiesen vorsichtshalber nochmals von einem Niederländer weihen, Auch Drei- und Vierfach-Weihen sind bei ,,romfreien autonomen Bischöfen" keine Seltenheit.

„Kapelle Zum guten Hirten" in Köln des Vaganten-Paters Norbert

Auf kaum einen Vaganten - einige sind mittlerweile erstaunlich sesshaft geworden – trifft das Merkmal des Unsteten und vor allem die ausgesprochene Weihefreudigkeit so zu wie auf jenen „Bischof Paulus", der sich 1955, als sich die Justiz wegen kleinerer Delikte für ihn interessierte, in die DDR absetzte. Dort soll er es, ,,als Opfer des Adenauer-Regimes" zum Beispiel bei „christlichen Friedenskonferenzen" zu hohen Ehren gebracht haben. Mehrfach sah man ihn in bischöflichem Ornat in Begleitung hoher Parteifunktionäre.

Eingang zu „Pater Norberts" Kloster

Inzwischen ist er längst wieder im Westen aktiv. Vor Jahren sorgte er nach einem kurzen Zwischenspiel bei den Mormonen, für einen mittleren Skandal als er „im Geiste der Ökumene" die Schlosskirche in der Bonner Universität für die .,Primiz" eines neugeweihten Ordensmannes seiner ,,Mariaviten-Kirche" zur Verfügung gestellt bekam - vom Rektor. Der nicht wusste, auf wen er sich da eingelassen hatte. Der neue ,,Pater" beschwor in seiner Predigt die ,,mystische Ehe" zwischen Nonnen und Mönchen[10].

„Pater Norbert" in „Dienstkleidung"

Im Kölner Süden existiert bis heute ein Kloster, von dem sein Leiter, ein „Pater" Norbert behauptet, es handle sich um eine Außenstelle jener Mariawiten aus Polen[11]. Zumindest zeitweilig mit zwei anderen „Geistlichen" ist auch er u.a. „zuständig" für Beerdigungen u.ä. „Feiern". Im Internet wurden u.v.a. die Urkunden gezeigt, die beweisen sollen, dass „Bischöfe" und „Priester" dieser Gruppe ordnungsgemäß geweiht sind. Dabei genügt ein Blick in diese „Urkunden" um zu sehen, wes Geistes Kind da oft geweiht, abgesetzt und eingesetzt wurde. Zudem zeigen diese „Urkunden" auch gleich eine historische Verbindung zu der bereits genannten Gruppe um die „Kapelle" Heilig Kreuz. Ob das „Kloster" nach einem Brand im Jahre 2008 noch aktiv ist, konnte nicht festgestellt werden – solche Gruppen geizen mit echten Aussagen, jedenfalls sind die Angaben im Internet nie aktuell. Häufig werden auch Bilder und Urkunden schleunigst wieder entfernt – wie etwa die sogenannten Weihe- und Sukzessions-urkunden.

„Peter Norbert" in „seiner" Klosterkirche im Kölner Süden

Dafür trat jener "Pater Norbert" ab Februar 2013 als "Seelsorger" in einer neuen Serie

[10] Seit 1883 war die Nonne Feliksa Kozłowska (* 27. Mai 1862; † 23. August 1921) Mitglied der Kongregation, die von dem durch Papst Johannes Paul II. selig gesprochenen Kapuzinermönch Honorat Koźmiński gegründet worden war. 1887 gründete sie die Kongregation nach der Regel der hl. Clara, die später Orden der Mariaviten genannt wurde. Die Kongregation für die Glaubenslehre aber entschied dann gegen die Mariaviten und im Dezember 1904 verwehrte Pius X. entgegen vorherigen Zusagen die Anerkennung. Ab 1909 war die „Altkatholische Kirche der Mariaviten" Mitglied der Utrechter Union, wurde aber – aufgrund der von der Union nicht tolerierten Tendenzen – 1924 aus der Union ausgeschlossen. Der Grund waren sogenannte mystische Ehen zwischen Priestern und Nonnen. 1935 spaltete sich die Kirche in die beiden Zweige: Altkatholische Kirche der Mariawiten (Płock), sie stand unter der Leitung von Klemens Maria Philipp Feldmann; und die Katholische Kirche der Mariaviten (Felicjanów), deren Bischof Jan Maria Michał Kowalski war. Er war in Abwesenheit von der Generalversammlung abgesetzt worden. Die Alt-Katholische Kirche der Mariawiten hat seit 2010 einen Beobachterstatus in der Union von Utrecht.

[11] Der sogenannte „Orden der Mariaviten in Deutschland – Auslandsjurisdiktion" mit Sitz in Köln, wird weder von der Altkatholischen Kirche der Mariaviten (AKM) noch von der Katholischen Kirche der Mariaviten (KKM) anerkannt.

bei RTL 2 auf - "Himmlische Hilfe" heißt sie. Von der Fernsehzeitung HörZu wurde sie als Trash (Abfall) bewertet.

Der Kölner Express[12] meldete etwas später groß aufgemacht unter „Muss ein Bettelmönch immer arm bleiben?“: Streit zwischen „Pater“ Norbert (72) und dem Sozialamt über die Frage ob ein „Mönch“ der das Gelübde der ewigen Armut abgelegt hat, Anspruch auf Grundsicherung hat. Seit dem Brand 2006 habe der „Orden“ nur noch ganz eingeschränkt arbeiten können. Pater Norbert sei jetzt alleine, die anderen „Brüder“ seien verstorben. Das Honorar der Sendung „Himmlische Hilfe“ bei RTL 2 sei aufgebraucht. Pater Norbert lebe von 67,00 € Rente und der Hilfe von Nachbarn. Es wird in dem Beitrag weiter behauptet, Pater Norbert gehöre der polnischen Mariawitenkirche an, deren Unterscheidungsmerkmal zur Römisch-Katholischen Kirche die Anerkennung von homosexuellen Lebenspartnerschaften sei. Deshalb habe es auch Streit mit Kardinal Meissner gegeben.

Von sich reden im Internet und anderswo macht auch eine Vagantengruppe mit dem Namen „Neuchristen“, welche sich selber von der römisch-katholischen Kirche getrennt, aber als Teil der Katholischen Kirche betrachten. Obwohl sie auf den Namen Katholisch verzichtet begegnet man diesem Begriff ständig, was diese Gruppe unbedingt in den Kontext der sich „katholisch“ bezeichnenden Gruppen bringt. Oberhaupt ist der sog. *Schwert-Bischof* Nikolaus Schneider (* 1937 in Oberriet, Schweiz). Eine andere Bezeichnung ist *Gemeinschaft um den Schwert-Bischof*, frühere Bezeichnungen waren KGS (Kampf gegen Satan) und Kinder-Gebets-Sturm.

Der „von Gott direkt berufene und zum Schwertbischof ernannte“ Nikolaus Schneider

Im Jahre 2000 soll es etwa 250 Mitglieder, 50 in Deutschland, 30 in Österreich, 90 in der Schweiz und 50 in Holland gegeben haben. In Kamerun (Afrika) soll es eine „Schwesterkirche“, deren genaue Mitgliederanzahl nicht bekannt ist.

Die Stärkung des Ansehens von Gott soll die Welt retten. Dabei spielt der Kampf gegen Satan und seine Anhänger eine zentrale Rolle, und Nikolaus Schneider geht dabei auch gegen die römisch-katholische

[12] Ausgabe vom 27.05,2013, Rückseite

Kirche vor, der er falsche Methoden vorwirft. Der sog. Schwert-Bischof wird allgemein als fundamentalistisch orientiert kritisiert.

Es gibt wohl eine Hauskirche, in der „Bischöfe“ (!) und “Priester“ wie auch immer amtieren sowie angeblich zwei Tochterhäuser in Deutschland und den Niederlanden. Daneben soll es auch ein Frauenkloster, das 2000 von Pia Muff als Äbtissin geleitet wurde – Mitgliederzahlen werden wie üblich nicht genannt. Nach eigenen Angaben finanziert sich die Gruppe aus freiwilligen Spenden. Die Geschichte begann 1977, als Nikolaus Schneider in Holland die *Arche* gründete. Und obwohl er behauptet einzig und allein von Gott direkt berufen und zum „Schwertbischof“ ernannt worden zu sein, lässt sich Schneider vorsichtshalber im selben Jahr noch vom Vaganten-Bischof Gerard Franck zum Priester geweiht und schon 2 Monate später zum Bischof. Nach der Verhaftung von Gerard Franck verließen die meisten Anhänger die Arche. Nikolaus Schneider zog in seine Heimat Schweiz, zurück und gründete dort 1984 die Gemeinschaft *Kampf gegen Satan* (KGS). 1990 folgte die Umbenennung zu *Neuchristen*.

Wie sehr auch diese Gruppe mit den anderen Vaganten-Bischöfen verflochten ist, zeigt die eigene Darstellung im Internet, mit der bewiesen werden soll, dass Schneider Bischof in apostolischer Sukzession steht:

Das „Benediktiner Kloster“ in Porta Westfalica – Eisbergen 2010

„...In folgendem gesammelten Material werden die verschiedenen Sukzessionslinien belegt, welche Bischof Hugh George DeWillmott-Newman, Patriarch von Glastonbury in Großbritannien, auf sich vereinigt. Ebenfalls bestätigt wird darin, dass auf Erzbischof Maria Josef Thiesen von Köln über Alois Stumpfl diese Sukzessionen übertragen wurden. Eine weitere Konsekration, die Thiesen sub conditione vom alt-römisch-katholischen Bischof Thomas Tollenaar von Arnhem am 04.11.1951 empfangen hatte, bestätigt diesem unbestreitbar den Besitz der apostolischen Sukzession der armenisch-unierten und antiochenischen Linien. Der von Thiesen geweihte Bischof Johannes Brom konsekrierte Gerardus Franck, unter Assistenz von Thiesen sowie der Bischöfe Beyer und Smekal von Kiel, zum Bischof. Von Bischof Franck wurde der Schwert-Bischof Nikolaus Andreas Schneider zum Priester und am 24. August 1977 in Sittard (Niederlanden) zum Bischof konsekriert.

Verlässliche Zeugen seiner Bischofsweihe gehören heute der von ihm gegründeten Neuchristen-Vereinigung an.

Zur besseren Übersichtlichkeit haben wir alle gesicherten Sukzessionslisten in der Reihenfolge der Konsekration der Bischöfe geordnet und von 1 bis 14 nummeriert.

In 14 verschiedenen Linien zeigen sich 7 Sukzessionen als gesichert, wovon lediglich eine apostolische Sukzession für die Gültigkeit der Nachfolge der Apostel genügt. Im Anhang dazu die Übersicht der 14 Linien im Vergleich. Keine zusätzliche Bestätigung besitzen wir für die in der "Corporate Reunionis" genannten 3 Bischöfe anglikanischer Abstammung:

MOSSMANN, LEE und SECCOMBE, denen eine dreifache Sukzession bescheinigt wird, nämlich: die griechisch-(byzantinische), die syrisch-melchitische und die römisch-katholische. Den Angaben nach wurden Mossmann und Lee von der römisch-katholischen Kirche als gültig aufgenommen. Somit würden diese Sukzessionen auf DeWillmott-Newman und dessen Nachfolgern zutreffen..."

Dem längst verstorbenen „Erzbischof" Maria Josef Thiesen sind wir bereits in der Kölner Vagantenszene begegnet.

Die Neuchristen erkennen die Taufe der römisch-katholischen, altkatholischen und orthodoxen Kirchen an. Bei trinitarisch getauften Christen aus anderen Konfessionen wird die Firmung wiederholt.
Die Gemeinschaft wird sowohl von Seiten der römisch-katholischen Kirche als auch von evangelischen Kirchen als fundamentalistisch orientiert kritisiert.

Mitunter wandern solche „Vaganten-Gruppen" auch durch die Republik. So meldete am 11. Januar 2010 Werner Hoppe vom Internetportal www.Eisbergen.De, das ein kleines Kloster in einer alten Uniformfabrik eingezogen sei. Nach dieser Meldung sei eine Benediktiner-Gemeinschaft von Köln nach Porta Westfalica-Eisbergen gezogen und habe dort in einer ehemaligen Produktionshalle eine Kapelle mit

„Abt Thomas" und seine beiden „Mönche" im Jahre 2010 im „Kloster" in Eisbergen

Chorgestühl und Altar eingerichtet. Weiter heißt es dort: „...Im Benediktinerkloster Eisbergen können reguläre katholische Gottesdienste abgehalten werden. Mit dabei sind (...) Schwester Humiliana, Abt Thomas und Pater Placidus.

Seit über 1100 Jahren ist Möllenbeck auf der Eisbergen gegenüberliegenden Weserseite durch seine beeindruckende Abtei mit den beiden runden Zwillingstürmen als Klosterdorf bekannt. Jetzt hat auch Eisbergen ein eigenes Kloster.

Im September ist das „kleinste Kloster Deutschlands" in die leer stehende frühere Uniformfabrik Hahne an der Weserstraße eingezogen. „Benediktinerkloster Mariä Himmelfahrt Eisbergen" steht auf dem noch provisorischen Türschild am Eingang.

„Bei uns ist alles, wie in einem richtigen Kloster", erklärt Abt Thomas. Der 58-Jährige hatte zusammen mit zwei weiteren Mönchen die kleine katholische Benediktiner-Gemeinschaft im Jahr 1980 in Köln gegründet. Im zweiten Stock in einer 89 Quadratmeter großen Altbauwohnung haben sie seitdem ausgelebt, was das Leben der Benediktiner als ältestem katholischen Orden ausmacht.

„Unser Ziel ist das immerwährende Gebet", erklärt Abt Thomas, den familiäre Verbindungen nach Eisbergen und in die frühere Uniformfabrik gebracht haben. Er habe erst im vorigen Jahr seine Halbgeschwister kennengelernt und sein Halbbruder sei es gewesen, der ihm den Gebäudekomplex zu günstigen Bedingungen überlassen habe.

Abt Thomas, mit Familiennamen Komossa, stellt die derzeitigen Bewohner des Miniklosters vor. Pater Placidus ist mit 95 Jahren der Senior beziehungsweise Pater Prior und Mitgründer der kleinen Gemeinschaft. In jungen Jahren hat er seine theologische Ausbildung in St. Ottilien, der Erzabtei der Benediktiner bei Augsburg erhalten.

Schwester Humilana unterstützt die beiden Patres als Laienschwester sowohl bei der Haushaltsführung als auch als Messdienerin. Die freundliche 80-jährige war bereits 1950 Mitglied bei den Franziskanern in Köln geworden. Im „zivilen Leben" war sie Versicherungskauffrau und hat sich 1980 in Köln der kleinsten Klostergemeinschaft Deutschlands angeschlossen[13].

---

[13] Nach: http://www.eisbergen.de/ee2008/index.php/site/C14/

„Mönch" O. M. in Bremerhaven

Doch schon bald darauf erfolgt eine Reaktion von Seiten des römisch-katholischen Erzbistums Paderborn. Im Mindener Tageblatt vom 14.01.2010 heißt es unter der Überschrift „Nicht anerkannt, Erzbistum reagiert auf Eisberger Benediktiner": „...Die Berichterstattung über die Benediktiner in Eisbergen ruft das Erzbistum Paderborn auf den Plan.

„Die Benediktinergemeinschaft in Porta Westfalica-Eisbergen ist keine vom Bischof oder Papst anerkannte Ordensgemeinschaft der katholischen Kirche", schreibt das Erzbischöfliche Generalvikariat in einer Pressemeldung. Die Gemeinschaft sei bis heute nicht Mitglied der weltweiten benediktinischen Konföderation. „Zwar gibt es Bemühungen der Mitglieder der Gemeinschaft um die Aufnahme oder Wiederaufnahme in die katholische Kirche." Ein notwendiges entsprechendes Gesuch liege jedoch bis zur Stunde nicht vor.

Damit seien die von der Gemeinschaft gefeierten Gottesdienste und gespendeten Sakramente nicht erlaubt. „Katholischen Gläubigen[14] ist es untersagt, an diesen Gottesdiensten teilzunehmen und dort die Sakramente zu empfangen. Sie erfüllen damit auch nicht ihre Sonntagspflicht."

Der Journalist Michael Hoppmann berichtete am 04. September 2012 im „Deichkurier Live" unter der Überschrift „Falscher Priester unterwegs" über einen Fall eines Vaganten-Mönches in Bremerhaven: „Am 17. August 2012 gaben wir in unserer wöchentlichen Radiosendung Deichkurier Live die Information bekannt, dass in Bremerhaven-Lehe ein älterer Mann unterwegs ist und sich als Geistlicher ausgibt. Und obwohl es keine Namensnennung gab, erhielten wir einige Tage darauf Post einer Anwältin die angab (ohne bis dato eine Vollmacht vorzulegen) besagten Mann zu vertreten. Aufgefordert wurde hier zu einer öffentlichen Entschuldigung. Diese hätten wir gerne veröffentlicht, doch

[14] gemeint sind hier ausschließlich römische Katholiken

mussten wir darauf bestehen, dass uns Beweise für sein Priesteramt und den theologischen Werdegang vorgelegt werden. Stattdessen wurde scheinbar die Anwältin zurückgepfiffen und uns mitgeteilt "es würde kein weiterer Ärger gewünscht".[15]

Dennoch möchten wir Ihnen unsere Recherchen nicht vorenthalten und lassen Sie an unseren Ermittlungen teilhaben. Hier die Ergebnisse:
- Auf Anfrage beim Benediktinerorden, als dessen ehemaliges Mitglied sich besagte Person ausgab, teilte uns der 38. Abt der Benediktinerabtei Ettal (in diesem Kloster war besagter Mann angeblich) Barnabas Bögle OSB mit: "Herr ——- ist in unserem Kloster nicht bekannt. Unter diesem Namen war auf keinem Fall ein Mönch in unserer Abtei."
- Das Bistum Hildesheim lässt über den Referenten des Bischofs, Roland Baule Bischöflicher Kaplan verlauten das die Person kein katholischer Priester ist und die Causa —— einem weiten Personenkreis bekannt ist. Die Priester wurden für diesen Fall sensibilisiert.

- Ein Dechant des Bistums Hildesheim (möchte nicht namentlich genannt werden) bezeichnet die Person als Hochstapler und großes Problem.

- Ein Pastor der bremischen-evangelischen Kirche berichtet von 2 Doktortiteln die der angebliche Priester angab aber nie nachweisen konnte.

- Eine Bischöfin gab an, dass der Mann sich bei Ihr als Priester beworben hatte, er ihr aber (wie auch uns) keinen Nachweis eines Theologiestudiums und einer rechtmäßigen Weihe und seiner Klosterzeit vorlegen konnte.

Der Deichkurier recherchierte gründlich und das Ergebnis sehen Sie hier. Denken Sie daran: Ein Kragen macht noch keinen Priester!"

Weiter berichtet dieser Journalist im „Deichkurier Live" am 08. Mai 2013 unter der Überschrift: „Sektenkirche fasst Fuß in Bremerhaven"; Derzeit berichten wir ja immer wieder über den Fall eines Mannes, der sich als katholischer Priester ausgibt. Die Recherchen werfen mittlerweile ein völlig neues Licht auf den Fall. Auf der Internetpräsenz des Mannes, stellt sich dieser als Generalvikar der "Erneuerten ökumenischen Kirche in Guatemala" dar und hat von dem dort zuständigen Bischof im spanischen Inkardinationstext auf der Website den Auftrag zur Missionierung für Bremerhaven erhalten. http://www.icergua.org/latam/

[15] Da auch der Verfasser „keinen Ärger" wünscht, die hier wiedergegebenen Auskünfte zudem für sich selber sprechen, wird auf eine Namensnennung verzichtet.

Mai 2013. Dass dies nicht ganz unproblematisch ist merkt man, wenn man ein wenig recheriert. Die ICERGUA wird von einem Mann geleitet, der 2006 vom Papst exkommuniziert wurde und der in der Tradition des ehemaligen Erzbischof Milingo steht, der sich wiederum zur Moonsekte bekannt hat und als er noch Mitglied der Kurie in Rom war eine koreanische Ärztin in der Moon-Sekte heiratete. In wie weit nun Lehren der Moon-Sekte auch in dieser angeblichen Kirche gelehrt werden ist derzeit noch unklar, Fakt ist allerdings das diese Kirche und Ihre Mitglieder allesamt vom Vatikan exkommuniziert sind und Ihre Priester und Bischöfe keinerlei Vollmacht haben zur Sakramentenspendung. Besonders gefährlich ist der Auftrag zur Missionierung zu sehen, da hier ganz klar neue Mitglieder für die Sekte gewonnen werden sollen. Interessant ist ebenfalls, dass auf einer Website der Erzdiözese in Guatemala darauf hingewiesen wird, dass besagte Sektenkirche in Guatemala Gelder von der Moon-Sekte bezieht und sich somit finanziert. Wir bleiben weiter dran am dem Fall und halten Sie auf dem Laufenden. Nun schaue man sich einmal an, mit wem dieser „Priester" und Mönch" alles freundschaftlich verbunden sein will: Priorat Sankt Wigberti ökumenische Benediktiner; Östanbäcks Kloster schwedische lutherische Benediktiner; Alton Abbey, Hampshire anglican Benedictine; Augustinerkloster Erfurt (CCR) Schwestern Communität; Benediktinnen Marienrode; Beneditinnenabtei vom Heiligen Kreuz Herstelle an der Weser; Beneditkinnenabtei St. Gertrud Alexanderdorf; Zisterzienerinnenkloster Helfta; Zisterzienserstift Heiligenkreuz im Wienerwald; Irish Catholic Bishops` Conference Columba Centre St. Patrick`s College Maynoot Co. Kilare Ireland; Basisgemeinde Wulfshagenerhütten Gettorf; Taize` Communaute` France; Evangelisches Gethsemanekloster Goslar – Riechenberg; The Convocation of Amercian Churches Diocese Anglican / Episcopal in Europe; The General Theological Seminary of the Epipscopal Church New York / USA; Initiativen zum Kirchenjahr Andere Zeiten e. V.; Die Flachländer; Cantica Aeterna.[16] Man kann getrost davon ausgehen das diese Gemeinschaften entweder von der Existenz dieses Mönches keinerlei Ahnung haben, oder selber der Vagantenszene zuzurechnen sind.

Der alt-katholische Priester WalterJungbauer aus Hamburg berichtet am 27. August 2011 in seinem Blog unter der Überschrift „Verdammt noch mal ... nochmal verdammt!: In einer Rundmail an allen Geistlichen der niederländischen, schweizer, österreichischen und deutschen alt-katholischen Kirchen teilte *das ukrainisch-orthodoxe Patriarchat der griechisch-katholischen Kirche* Donnerstag-Abend mit, dass diese alt-

[16] Nach: http://sterbebegleiter.st.funpic.de/ Mai 2013; auch das in diesem Artikel gezeigte Foto stammt von seiner eigenen Homepage http://sterbebegleiter.st.funpic.de/

katholischen Kirchen auf Grund ihrer liberalen Haltung gegenüber Homosexualität von Gott am 12. Juli 2011 mit dem Kirchenbann belegt worden seien. Schwule und Lesbierinnen könnten in diesen alt-katholischen Kirchen Geistliche werden und gleichgeschlechtliche Partnerschaften würden kirchlich gesegnet – das widerspräche dem Evangelium und der ganzen kirchlichen Tradition. Daher seien diese Kirchen auch nicht mehr Kirchen Christi, sondern Anti-Kirchen, spirituelles Babylon und Hure des Anti-Christen.

Nachdem die Ablehnung der Unfehlbarkeit und der obersten Richtergewalt des römischen Papstes nach dem so genannten Ersten Vatikanischen Konzil 1870 bereits zur Folge hatte, dass zahlreiche Katholikinnen und Katholiken exkommuniziert wurden – aus diesem Widerstand gingen dann die Alt-Katholischen Kirchen hervor – hatte ich erwartet, dass es mit solchen Exkommunikationen und Kirchenbann vorbei wäre. Da muss ich mich wohl geirrt haben …

Unterschrieben war das E-Mail vom Patriarchen der Gemeinschaft, Elijah. Nach eigenen Angaben wurde es von den Absendern auch an die Präsidenten und Regierungen von Deutschland, Österreich und der Schweiz, Königin Beatrix und die Regierung der Niederlande, die Präsidenten und Ministerpräsidenten der EU-Mitgliedsstaaten, alle Kirchen in Deutschland, Österreich, der Schweiz und der Niederlande sowie die christlichen Kirchen der Welt, und nicht zuletzt an alle Massen-Medien in Deutschland, Österreich, der Schweiz, den Niederlanden und der restlichen Europäischen Union verschickt. – Auch eine Form der Öffentlichkeitsarbeit für die alt-katholischen Kirchen … .

Wenn man sich die absendende 'Kirche' näher anschaut, wird man feststellen, dass sich die Alt-Katholischen Kirchen damit in guter Gesellschaft mit der römisch-katholischen Kirche befindet: 2010 hatte diese Gemeinschaft bereits 2.200 römisch-katholische Bischöfe exkommuniziert, weil diese Forderungen von Patriarch Elijah nicht annahmen; am 01. Mai 2011 wurde postum schließlich auch der römisch-katholische Papst Johannes Paul II. exkommuniziert, wegen der 'häretischen Friedensgebete in Assisi; im gleichen Atemzug der amtierende Papst Benedikt XVI., weil er sich nicht von diesen Friedensgebeten distanzierte, sondern seinen Vorgänger Johannes Paul II. sogar noch selig sprach. Die Deklaration der Exkommunikation von Benedikt XVI. wurde sogar in einem You-Tube-Video festgehalten.

Die Gemeinschaft, die es sich anscheinend zum Hobby gemacht hat, andere Kirchen zu exkommunizieren, ist selbst erst drei Jahre alt. Sie wurde von sieben ehemals römisch-katholischen Priestern gegründet, die sich von Vaganten-Bischöfen zu Bischöfen hatten weihen lassen…."

Ein Kommentar erübrigt sich hier.

Im Internet bewegt sich seit 2013 auf der Website http://www.unabhaengig-katholische-kirche.homepage.t-online.de/40376.html finden wir dort die „Unabhängig Katholische Kirche mit folgender Eigendarstellung: „Die Unabhängig Katholische Kirche ist eine freie und von den Großkirchen (Römisch- Katholisch, Evangelische Kirche usw.) unabhängige, gemeinnützige und kirchliche Gemeinschaft. Wir arbeiten in ganz Deutschland, in Österreich und teilweise in der Schweiz. Wir haben es uns zur Aufgabe gemacht, uns um benachteiligte Menschen zu kümmern. Wir gehören nicht zu der Frankfurter "Unabhängig Katholischen Kirche". Jeder kann zu uns kommen, unabhängig der Religion, der Rasse, der Nationalität oder des Standes." Interessant und typisch ist auch hier wieder gleich die Abgrenzung zu einer Gemeinschaft mit demselben Namen.

Einen besonderen Fall einer „Vaganten-Gruppe" stellte ein „Orden von Port Royal" im Allgäu statt. Im Jahre 2004 kam es zur Aufnahme der Leinauer Zisterzienserkommunität von Port Royal in die alt-katholische Kirche

Ein Mann mit unzähligen „geistlichen" Titeln: Der verstorbene „Abt" des Klosters Port Royal Klaus Schlapps

Dabei gehörte das Ordensleben bis dato nicht zu den Spezifika alt-katholischen Kircheseins. Zur Beantwortung dieser Frage muss man ein wenig die Geschichte der Gemeinschaft bemühen.

Die fünf Männer, die seit einer Reihe von Jahren in klösterlicher Gemeinschaft zusammenleben, zuerst in Buchloe, später in Kaufbeuren und seit 2002 in Leinau, unweit von Kaufbeuren, hatten alle sehr bewegte religiöse und kirchliche Wege hinter sich. Diese Wege führten einige von ihnen auch zu Beziehungen mit sogenannten freien „katholischen" Gruppierungen und Gemeinschaften. Sie wollten ihre klösterliche Gemeinschaft immer als katholisch verstanden wissen, selbst wenn diese katholische Grundeinstellung sie bisher nicht zu einer bestehenden, in der Ökumene anerkannten katholischen Kirche geführt hatte.

Aber eine Ordensgemeinschaft, die sich als katholisch versteht, ist, selbst bei großer ökumenischer Offenheit, ohne konkrete Einbindung in eine verfasste und anerkannte Kirche eine kirchliche Anormalität. So hatte es immer wieder vereinzelte Versuche gegeben, den Status der Gemeinschaft und ihrer Mitglieder zu klären. Dazu zählten auch Kontakte zum alt-katholischen Bistum.

Nach einem ersten Kontakt kam es zu intensiven Gesprächen in Bonn, die den Boden bereiteten für ernsthafte Überlegungen, ob und wie die Gemeinschaft der alt-katholischen Kirche beitreten könnte. Ein solcher Schritt musste von beiden Seiten wohl durchdacht und gut vorbereitet sein; für die Gemeinschaft, die sich dadurch an die Regeln und Satzungen der Alt-Katholischen Kirche bindet, und für eine Kirche, die mit der Aufnahme einer Ordensgemeinschaft, die bisher ohne kirchliche Bindung ihr Eigenleben führte, Neuland betritt und damit Mut zu einem geistlichen Experiment im Bereich des Alt-Katholizismus gezeigt hat.

Die Leinauer Gemeinschaft fühlt sich der geistlichen Tradition des historischen Ordens von Port Royal insofern besonders verpflichtet, da sie Frauen und Männern, die außerhalb des Konventes leben, die Ordensmitgliedschaft ermöglicht. Zu ihnen gehören ordinierte und nichtordinierte Frauen und Männer. Der Name Port Royal beinhaltet einen hohen Anspruch. Ihn einzulösen verlangte daher große Anstrengung.

Da schien die Welt noch in Ordnung: Weihefeier des alt-katholischen Bischofs Dr. Matthias Ring im Jahre 2011 – kurz danach verließ „Abt" Klaus Schlapps + (vierter von links) mit seinen „Mönchen „die Alt-Katholische Kirche und schloss sich erneut einer Vaganten-Gemeinde an.

In einem feierlichen Gottesdienst am Samstag, dem 26. September 2004, besiegelte Bischof Joachim die vorher in mehreren Schritten vollzogene Aufnahme der Konventsmitglieder in die alt-katholische Kirche. Zu diesen notwendigen Schritten gehörten die ordnungsgemäße Aufnahme der Konventmitglieder in Leinau durch den zuständigen Kirchenvorstand der Gemeinde Kaufbeuren, und für die außerhalb des Konventes lebenden Ordensmitglieder die entsprechenden Gremien in Krefeld und in Sachsen. Zu diesen Schritten gehörte aber auch, die Weihen, die einige der Ordensmitglieder von sogenannten freien „katholischen" Bischöfen bekommen hatten, unserem Kirchen- und Amtsverständnis entsprechend „in Ordnung" zu bringen. Dieser Schritt war sowohl mit Blick auf das Alt-Katholische Kirchenverständnis als auch mit Blick auf die Ökumene unumgänglich.[17]

Und genau an diesen Verständnissen sollte es von Anfang an hapern. Da war zum einen ein Abt, dessen „generöse“ Auftritte zumeist nur lächerlich wirkten. Da waren angebliche weltweite Verbindungen und Zweigklöster, da war ein ominöser Ritterorden aus Jerusalem, alles was sich schon nach kurzen Recherchen im Internet als Seifenblasen entpuppte.

„Abt“ Klaus Schlapps + bezeichnete sich auf seiner englischsprachigen Facebook-Seite als Christ-Catholic (Utrecht-Scranton Declaration). Weiter führte er alle Titel und Funktionen auf, die er haben wollte: I am Abbot of St.Severins Abbey in Kaufbeuren, Germany and Abbot- Bishop General of the Order of Port Royal and the Christian Catholic Synod of Port Royal(Ecumenical Cistercian Congregation of Port Royal . Weiter heist es da “Über Dom KlausAbbot- Bishop General of the Order of Port Royal, Christian Catholic Synod of Port Royal. Bishop-Ordinary Christ-Catholic Church in Germany, Grand Prior Ecumenical Confraternity of the holy Sepulchre of Jerusalem COESSH; Order of St. Lazarus GP of Carpathia , Member of the Grand Council;SHUFAI Ngaibunri of the Royal House of Nso , Cameroon;; Honorary Canon of the Cathedral, Anglican Church of Cameroon. Als politische Ansicht gab er “Monarchist” an.[18]

Trotz Anerkennung der Regeln der Alt-Katholischen Kirche dachte man im Kloster St. Severin letztlich nicht daran sich hieran auch zu halten. In ihren Kapellen pflegten die Mönche, selbst nach Umbau einer Kapelle, die alte Form der römischen Messe, wo der Priester vor der Gemeinde steht und in Richtung Altar betet und zelebriert. Auskünfte aus dem Kloster wurden immer verworrener und so kam, was letztlich kommen musste.

Das alt-katholische Ordinariat teilte auf der Website des Bistums mit, dass sich der Orden der Ökumenischen Zisterzienserabtei St. Severin, der sich im September 2004 unter die Jurisdiktion des Bistums gestellt hatte, mit Schreiben vom 25. Oktober 2010 vom Alt-Katholischen Bistum getrennt hat.

Mit Schreiben vom 25. Oktober habe Abt Klaus Schlapps Bischof Dr. Matthias Ring mitgeteilt, dass ein Verbleib des Ordens der

[17] nach: Christen heute, November 2004
[18] nach https://www.facebook.com/profile.php?id=100001390903740

Ökumenischen Zisterzienserabtei St. Severin im alt-katholischen Bistum nicht mehr in Frage käme. Man habe festgestellt, dass Ansichten und Traditionen des Ordens nicht kompatibel seien mit dem Weg der alt-katholischen Kirche. Daher bitte man um eine Trennung in Frieden. Telefonisch haben Bischof Ring und Abt Schlapps geklärt, dass dieses Schreiben als Kündigung der Vereinbarung, die zwischen dem Orden und dem Bistum besteht, zu verstehen sei.

Am Status jener Ordensmitglieder, die weiterhin alt-katholisch sind, änderte sich nichts, bis weitere Klärungen vorgenommen werden sollten.[19] Es hatte sich nämlich herausgestellt das einige Mitglieder der kleinen Gemeinschaft, darunter der Alt-Abt, der im Rheinland wohnt, diesen Schritt nicht mittragen wollten und weiter alt-katholisch bleiben wollten.

Ob es zu einem späteren Zeitpunkt zu einer Spaltung der Gemeinschaft kommen würde, ob sich Mitglieder der alt-katholischen Pfarrei in Kaufbeuren von ihrer Kirche trennen würden um in irgendeiner Form mit St. Severin verbunden zu werden, stand zunächst noch in den Sternen.

Am 14. April 2012 meldete Walter Jungbauer in seinem Blog unter „Nordisch-Christ-Katholisch“: „Heute wurde in München eine ‘Christ-Katholische Gemeinde in Deutschland’ (CKK) gegründet. Die Namenswahl dieser Gemeinde wird in alt-katholischen Kreisen kritisch gesehen, da mit ihr eine Verwechslungsgefahr mit den alt-katholischen Kirchen der Utrechter Union, deren Schweizer Zweig den Namen Christkatholische Kirche trägt, in Kauf genommen wird.

Hinter dieser Neugründung steht die so genannte ‘Nordisch-Katholische Kirche (NKK)‘, die im Jahr 2000 von ehemaligen Mitgliedern der evangelisch-lutherischen Staatskirche in Norwegen gegründet wurde, welche lt. Selbstauskunft den Unfehlbarkeitsanspruch des Bischofs von Rom ablehnen und gleichzeitig eine starke Affinität zur orthodoxen Liturgie und Theologie haben. Die NKK wiederum hat sich in die so genannte ‘Union von Scranton’ mit der amerikanischen Polnisch-National-Katholischen Kirche (PNCC) vereinigt, welche im Jahr 2003 die Utrechter Union der Alt-Katholischen Kirchen verlassen hat. Grund für den Bruch mit der Utrechter Union war die Einführung der Frauenordination in alt-katholischen Kirchen der Utrechter Union (1996 waren die ersten beiden Frauen im deutschen Alt-Katholischen Bistum zu Priesterinnen geweiht worden) sowie der offene Umgang mit

[19] nach: http://altkatholisch.wordpress.com/2010/11/06/klosterlos-orden-von-port-royal-trennt-sich-von-alt-katholischer-kirche/.

homosexuell liebenden Menschen, für die in der alt-katholischen Kirche auch die Möglichkeit besteht, ihre Partnerschaft segnen zu lassen.

Als problematisch sehe ich als alt-katholischer Christ auch die konkrete Formulierung in der Deklaration der 'Union von Scranton' zu diesen beiden Fragen: "*Wir lehnen die zeitgenössischen Erneuerungen innerhalb der Anglikanischen und Altkatholischen Kirchen der Utrechter Union ab, die der Schrift und der Tradition der alten Kirche widersprechen: die Ordination von Frauen zum Priesteramt, die Bischofsweihe von Frauen und die sakramentale Segnung von gleichgeschlechtlichen Lebenspartnerschaften.*"

Mit dieser Formulierung wird indirekt behauptet, dass Christinnen und Christen, welche die Frauenordination befürworten und/oder eine offene Einstellung gegenüber homosexuell liebenden Menschen vertreten, nicht schrift- und traditionsgemäß leben und denken. Diese Unterstellung weise ich für mich und für meine Kirche entschieden zurück.

Zum Generalvikar und Administrator der Nordisch-Katholischen Kirche in Deutschland wurde der ehemalige alt-katholische Priester Klaus Mass ernannt. Gegenüber der römisch-katholischen Nachrichtenagentur KNA machten der Bischof der NKK, Roald Flemstad, und der neue Pfarrer der Christ-Katholischen Gemeinde, Klaus Mass, lt. Domradio deutlich, dass sie sich als Brücke zwischen alt-katholischer und römisch-katholischer Kirche verstünden.

In die NKK/CKK wurden im Rahmen der Gründung außerdem die Brüder des Klosters St. Severin aus Leinau aufgenommen, welche sich im Oktober 2010 vom Katholischen Bistum der Alt-Katholiken in Deuschland getrennt hatten und bereits frühzeitig an der Gründung der CKK gearbeitet haben.

Am 18. April 2012 wurde im selben Blog die Stellungnahme des alt-katholischen Bischofs Dr. Matthias Ring zur Gründung der 'Christ-Katholischen Gemeinde' in Deutschland veröffentlicht:

„Im Rahmen eines Gottesdienstes wurde am 14. April 2012 in München die erste sogenannte „christ-katholische Gemeinde“ gegründet, die der Nordisch-Katholischen Kirche (NKK) untersteht. Die NKK ist eine Tochtergründung der Polish National Catholic Church (PNCC) in Nordamerika, die nach ihrem Ausscheiden aus der Utrechter Union der Alt-Katholischen Kirche die sogenannte Union von Scranton begründet hat. Diese Union beruft sich auf die Utrechter Erklärung von 1889, lehnt aber die Ordination von Frauen und die Segnung gleichgeschlechtlicher Partnerschaften ab. Die Initiative zur Gründung der „christ-katholischen Kirche“ ging meines Wissens von der Abtei St. Severin in Kaufbeuren mit

Erschlich sich die Bischofsweihe und gründete unzählige sich alt-katholisch nennende Vaganten-Gemeinschaften: Arnold Harris Mathew

Abt Klaus Schlapps aus, die von 2004 bis 2010 zu unserem Bistum gehört hat. Im Januar 2012 hat sich die Abtei der Jurisdiktion der Nordisch-Katholischen Kirche unterstellt. Dieser neuen Kirche hat sich der Priester Klaus Mass angeschlossen, der zuletzt als Priester im Nebenamt der Gemeinde Augsburg zugeordnet war.

Zur dieser Kirchengründung möchte ich von meiner Seite Folgendes anmerken:

1. In den Medien wurde der Begriff „Abspaltung" gebraucht. Dies ist nicht zutreffend, da die Mönche der Abtei St. Severin, von denen hauptsächlich die Initiative ausging, zwar einige Zeit zu unserer Kirche gehörten, sich jedoch von uns wieder getrennt haben, nachdem sie erkannt haben, dass ihre theologische Ausrichtung nicht mit der unserer Kirche übereinstimmt. Beide Seiten haben 2010 eine einvernehmliche und friedliche Trennung vereinbart. 2. Persönlich rechne ich nicht damit, dass sich eine größere Zahl von Alt-Katholikinnen und Alt-Katholiken der „christ-katholischen Kirche" anschließt, da sich deren Profil stark von dem der Alt-Katholischen Kirche unterscheidet. Die „christ-katholische Kirche" lehnt als Teil der Union von Scranton insbesondere die Frauenordination und die Segnung gleichgeschlechtlicher Paare ab, die in unserer Kirche einen hohen Grad an Akzeptanz erfahren, wie jüngst eine Studie gezeigt hat.

3. Als problematisch empfinde ich den Umstand, dass durch die Namenswahl die Möglichkeit der Verwechslung mit unserer Schweizer Schwesterkirche, der Christkatholischen Kirche, gegeben ist. Allerdings genießt der Name Christkatholiken nur in der Schweiz staatlichen Schutz. gez. Dr. Matthias Ring, Bischof".

Wie sich das „Kloster Leinau", der „Orden" von Port Royal und die sog. Christ-katholischen Kirche nach dem im Frühjahr 2013 erfolgten Tod des „Abtes" Klaus Schlapps entwickeln kann nicht vorhergesehen werden.

Auch dieses Beispiel zeigt, das es mit Gruppen, die aus der Vagantenszene kommen, selbst dann zu Problemen kommen kann, wenn man glaubt sie erfolgreich in einer Kirche integriert zu haben. Es zeigt sich dabei, dass vor allem die Leiter solcher Vaganten-Gruppen zu allererst sich und ihre Position(en) sehen.

Für die Alt-Katholische Kirche kommt aber noch ein Problem hinzu. Diese Trennung verwundert letztlich nicht und wenn man einmal sich die Mühe macht eine solche Gruppe intensiv zu beobachten stellt man eigentlich sehr schnell fest, das bei “denen weht ein anderer Wind”. Man kann ja ruhig verschiedene Frömmigkeitsausdrücke akzeptieren, aber die Gemeinsamkeiten müssen schon überwiegen.

Es müsste einmal wissenschaftlich untersucht werden, warum die Alt-Katholische Kirche mitunter auf Gruppierungen "reingefallen" ist, die eigentlich nicht zu ihr passten. Sei es der berühmt-berüchtigte “Bischof” Matthew, seien es die ursprünglichen Mariawiten aus Polen, sei es die PNCC in den USA, der Franziskushof in Berlin oder eben jetzt der Orden von Port Royal. Haben die Alt-Katholiken zuviel nach hohen Mitgliederzahlen geschielt? Wollten sie z.B. unbedingt zeigen dass sie auch “ein Kloster” haben?

„Erzbischof“ Karl Pruter in seiner „Kathedrale“

Die selbsternannten Metropoliten, Erzbischöfe, Bischöfe, Schwert-Bischöfe, Äbte, oder wie sie sich gerade nennen, strafen sich vorwiegend mit Nicht-Beachtung. „Die sind untereinander", wusste der verstorbene Pfarrer Kestermann von der alt - katholischen Gemeinde Köln und langjähriger Beobachter freibischöflicher Aktivitäten, ,,eigentlich alle Konkurrenten. Nach einer kurzen Liaison verkracht man sich wieder und exkommuniziert sich gegenseitig." Vaganten-Kenner Riedinger: ,,In dieser Szene gilt die Devise: Jeder gegen jeden.[20]"

Doch während es sich in Deutschland letztlich um nur vereinzelt auftretende Phänomene handelt, soll es nach vorsichtigen Schätzungen in den USA und in Kanada über solcher „Bischöfe“ geben – alle ausgehend von den Vagantenbischöfen Joseph René Vilatte und Arnold Harris Mathew. Sie nennen sich dort zumeist unabhängige alt-

[20] Nach: Harald Biskup, Alltags Verkäufer, sonntags Bischof: Nicht rechtmäßig geweihte Geistliche finden Gefolge am Rande der Großkirchen, „Gottes fünfte Kolonne ist oft päpstlicher als der Papst“ in „Kölner Stadt-Anzeiger vom 04.09.1986;

katholische Gemeinschaften, doch auch Begriffe wie Christ-Katholisch und Alt-Römisch-Katholisch finden Verwendung.

Karl Pruters „christkatholische Kathedrale“ in Highland Ville in Missouri

Bei den meisten Gruppen handelt es sich um ehemalige römische Katholiken, Anhängern des 2. Vatikanischen Konzils, die nicht mehr römisch-katholisch sein konnten, sich aber auch nicht der sich als katholisch ansehenden anglikanischen Gemeinschaft anschließen konnten oder wollten. Sie erkennen die Frauenordination an und lassen Homosexuelle zur Priesterweihe zu. Aber auch erzkonservative Gruppen segeln unter solchen Flaggen. Und sie teilen sich, vereinigen sich, teilen sich erneut...! Mancher Bischof resp. Bischöfin firmiert gleichzeitig unter verschiedenen Kirchennamen im Internet, eine Zuordnung ist ausgesprochen schwierig.

Der vom Vaganten-Bischof Judd zum Priester geweihte Bob Caruso 2010

Als „Vater“ der amerikanischen Alt-Katholiken wir von vielen dieser „Kirchen“ der verstorbene Karl Pruter (auch Prüter) angesehen. Der ehemalige Methodist schaffte es bis zum „Erzbischof“ der „Christ Catholic Church“. Er veröffentlichte zahlreiche Publikationen, zumeist im Manuskriptdruck hergestellt.

Der selber von einem solchen „Bischof“ geweihte, aber zwischenzeitlich in engem Kontakt mit der anglikanischen Bischöflichen Kirche der USA stehende Pfarrer der Alt-Katholischen „Cornerstone – Gemeinde“ in St. Paul, Minnesota, Robert Caruso schreibt hierzu in einer Mail vom 28. Juli 2010 an den Verfasser: „...Amerikanische Unabhängige Alt-Katholische Gruppen sind in meinen Augen anormal. Sie bestehen meistenteils aus Geistlichen und Bischöfen ohne eine richtige dienende Kirche...“. In seinem Buch „The Old Catholic Church“ führt Caruso weiter aus, die unabhängigen alt-katholischen Bischöfe und Priester dürften nicht länger die Sakramente an römisch-katholische Laien „verkaufen“[21].

[21] nach Robert W. Caruso, The Old Catholic Church, Apocryphile Press, Berkeley, Kalifornien, 2009

Inzwischen ist „Father Caruso“ Kaplan der US-Streitkräfte geworden. Das Experiment der Cornerstone-Gemeinde ist gescheitert – man war nicht bereit den langwierigen Weg im Rahmen der anglikanischen Episcopal Church zu gehen.[22]

Im Juni 2010 fanden sich alleine im Internet die nachfolgend genannten „Kirchen“ in den USA und Kanada, wobei auch nicht annähern eine Vollständigkeit erreicht werden konnte – „kirchliche“ oder „bischöfliche“ Zusammenschlüsse, oft von kurzer Dauer, wurden dabei nur einmal berücksichtigt. Neben der Bezeichnung wurde versucht das derzeitige „Oberhaupt“ und das Gründungsjahr anzugeben[23]:

„Father“ Bob Caruso leitet eine Hausmesse der „alt-katholischen Cornerstone Gemeinde“ 2010 in St. Paul, Min.

USA:

Old Catholic Church of America
Archbishop Sherman Randall Pius Mosley
Gegründet Mai 1925
....

„Bischof“ James R. Judd von der "Heartland Old Catholic Church"

The United States Old Catholic Church = Saint Christopher Old Catholic Church
Archbishop James Long, D. Min
Gründungsdatum nicht angegeben
......

The Independent Old Catholic Church of America
Archbishop George Le Mesurier, D.Min, Ph.D.
Gründungsdatum nicht angegeben

[22] Mitteilung von Bob Caruso in einer Email an den Verfasser; der gesamte Email-Verkehr mit Bob Caruso befindet sich im Archiv des Verfassers
[23] Recherche am 31.07.2010

....

The Catholic Apostolic National Church
His Eminence Robert Matthew I, Patriarch
1982 gegründet als "Apostolic Catholic Church" (siehe aber diese)
...

Old Catholic Church of North America
Most Reverends Rouville Fisher, DD. and Pamela LeClerc, DD.
Gründungsdatum nicht angegeben
.....

„Erzbischof" W. Wagner von der "Old Catholic Church, Southern Province"

The Old Roman Catholic Church in North America
The Most Rev. Francis P. Facione, Titular Archbishop of Devon
Gegründet 1914/1958
...

Ecumenical Catholic Church+USA
Bishop Carl T. Swaringim, Presiding Bishop
Wahrscheinlich 2001gegründet
...

„Bischof" Facione von der "Old Roman Catholic Church"

The Evangelical Orthodox Catholic Church in America
Most Reverend Perry R (Joseph Benedict) Sills, Bishop Primus
Gegründet 1948
...

Old Catholic Church Southern Province USA
part of the North American Old Catholic Church
Archbishop Winfield Wagner ("Wynn"), Provincial archbishop
Gründungsdatum nicht angegeben
...

The National Catholic Church of America
The Most Reverend Richard G. Roy, OSJD,

Primate
Gegründet in den späten 1940er Jahren
...

der "Catholic Apostolic National Church"

Ecumenical Catholic Church, Diocese of Texas
The Right Reverend Robert Darrell Hall
Gründungsdatum nicht angegeben
...

Heartland Old Catholic Church
Bishop James R. Judd
Bishop Charles E. Braun, DD
Gründungsdatum nicht angegeben
....

Saint Matthew Church - Ecumenical Catholic Communion
Bishop Peter Hickman
Gegründet 1985
....

Old Catholic Oratory
Inside of the Old Catholic Church in the United States
Gründungsdatum nicht angegeben
....

„Presiding Bishop" Swaringim der "Ecumenic Catholic Church"

All Saints Old Catholic Church, Clarksville, Tennessee
Bishop Michael Nesmith
Gegründet im September 1999
....

St. Francis Old Catholic Church, Cordova, TN
A parish of the North American Old Catholic Church
Leitungsgremien und Gründungsdatum nicht angegeben
...

THE UNITED CATHOLIC CHURCH, Cheshire, CT
Presiding Bishop: Most Rev. Rose Tressel
Gründungsdatum nicht angegeben
....

The American Old Catholic Church
Member of THE ECUMENICAL COMMUNION OF CATHOLIC AND APOSTOLIC CHURCHES
Mehrere Bischöfe, eine Erzkathedrale
Gründungsdatum nicht angegeben
...

International Headquarters
The Old Catholic Church in North America, Catholicate in the West
The Most Reverend Joseph David Dolence, DD, Archbishop and Patriarch, Provincial Abbot of the Reformed Order of St. Francis of Assisi, Abbot Emeritus of the Order of the Mystical Rose
Gegründet etwa 1920 durch The Syriac Orthodox Church
....

„Presiding Bishop, Archbishop" Michael Seneco von der "North American Old Catholic Church"

THE ORTHODOX-CATHOLIC CHURCH OF AMERICA
Archbishop Peter (Robert) Zahrt Metropolitan of the Orthodox-Catholic Church of America
Gegründet 1892
.....

The United Catholic Church, Melbourne, Forida
Primate & Presiding Archbishop: Dr. Robert M. Bowman
Archbishop Bowman
gegründet 1941
....

„Primate" George von der „Independent Catholic Church"

Cornerstone Old Catholic Community, St. Paul, Minn.
Presiding Chapter of the Community Of Old Catholics and Episcopalians
Pastor Robert Caruso
Diakon- und Priesterweihe durch Bischof James R. Judd von der Heartland Old Catholic Church
Unabhängig von allen bestehenden alt-katholischen „Kirchen" in den USA
Arbeitete „freiwillig" unter bischöflicher

Autorität der anglikanischen Bischöflichen Kirche der USA[24]
Gründungsdatum nicht angegeben
Inzwischen aufgelöst
....

Christ's Catholic Church - An Ecumenical Free Catholic Communion
three Convening Bishops
Abbot-Bishop Brian E. Brown, OSH
Bishop Mary Ann Croisant
Bishop Andrew Eugene Kyle, OSH
Gegründet 1965
....

The National Old Catholic Church of Washington D.C.
Archbishop Daniel McKenney
Gründungsdatum nicht angegeben
....

„Bischof und Generalsuperintendant" Serge A. Theriault vom "International Counsel of Community

St. Michael the Archangel - Apostolic Old Catholic Mission at Hollywood Lutheran Church
Priests
Father Bjoern Kroneberg
Father Eric Ong Veloso
Deacon, Jeanpierre Arslan
Deacon, Manolo Guerra
Gegründet 1978
...

International Council of Community Churches

Rev. Herbert F. Freitag, President · Rev. Michael E. Livingston, Executive Director · Rev. Herman Harmelink III, Ecumenical Officer · DeAnn Chaloeh, Office Manager

July 12, 2006

To Whom It May Concern:

This letter is to confirm that the Rt. Rev. Serge A. Theriault (Ordained to the ministry on December 11, 1976 in Ottawa, Ontario; Consecrated bishop on July 12, 1982 in Longueuil, Quebec) was appointed, and continues, as General Superindendent of the Canadian Chapter of the International Council of Community Churches on July 10, 1989.

Grace and Peace,

Michael E. Livingston
Executive Director

MEL/dc

"...that they may all be one."
John 17:21

Berufung von „Bischof" Serge A. Theriault zum "Generalsuperintendant" des "International Counsel of Community Churches"

The American Catholic Church of New England
Most Rev. Michael J. Scalzi
Gründungsdatum nicht angegeben
...

Agnus Dei Old Catholic Society
serves under the bishops of The Independent Old Catholic Church
Gründungsdatum nicht angegeben

[24] Angaben durch Pastor Robert Caruso in einer Email an den Verfasser vom 04. August 2010

...

The Apostolic Catholic Church
Tampa, FL
Bishop Charles (Chuck) Leigh
Gründungsdatum nicht angegeben
...

The Apostolic Catholic Church of the Beatitudes A faith community in the Old Catholic Spirit
Trainer, Pennsylvania
Bishop Charles Leigh
...

North American Old Catholic Church
Gegründet 2007
Präsidierender Bischof: Erzbischof Michael Seneco
....

Conference of North American Old Catholic Bishops
Gründungskonferenz 2008 strebt nach eigener Auskunft der alt-kath. „Union von Utrecht“ nach etwa 2010: The Old Catholic Church, Province of the United States:

QUOD BONUM FAUSTUM FELIX FORTUNATUMQUE SIT
AUCTORITATE LITTERARUM
UNIVERSITATI BERNENSI

ANNI MDCCCXXXIV DIE XV NOVEMBRIS A SENATU POPULOQUE BERNENSI
CONCESSA RECTORE LITTERARUM UNIVERSITATIS MAGNIFICO
JOHANNES GEISS RERUM NATURALIUM DOCTORE
PHYSICES EXPERIMENTALIS
PROFESSORE PUBLICO ORDINARIO
DECANO THEOLOGORUM CHRISTIANO-CATHOLICORUM ORDINIS MAXIME
SPECTABILI HERWIG ALDENHOVEN THEOLOGIAE DOCTORE THEOLOGIAE
SYSTEMATICAE ET LITURGICES PROFESSORE PUBLICO ORDINARIO
SENATUS LITTERARUM UNIVERSITATIS BERNENSIS
VENERABILI THEOLOGORUM CHRISTIANO-CATHOLICORUM ORDINE
AUCTORE VIRO DOCTISSIMO

SERGE A. THÈRIAULT

CANADIENSI A MUNICIPIO HULL CIVITATIS QUEBECENSIS ORIUNDO
PROPTER DOCTRINAM PERITIAMQUE ET EXAMINE RIGOROSO
ET DISSERTATIONE QUAM INSCRIPSIT
«ENTRE BABYLONE ET LE ROYAUME. VIE ET ŒUVRE DE
DOMINIQUE-MARIE VARLET, GRAND VICAIRE DE L'ÉVÊQUE DE QUÉBEC
ET PÈRE DE L'ÉPISCOPAT VIEUX-CATHOLIQUE D'UTRECHT (1678-1742)»
PROBATAM

DOCTORIS THEOLOGIAE CHRISTIANO-CATHOLICAE

DIGNITATEM IURA PRIVILEGIA CONTULIT COLLATA PUBLICO
HOC DIPLOMATE PROMULGAVIT

rector

Herwig Aldenhoven
Decanus

Die christ-katholische Fakultät der Universität Bern verleiht Serge A. Theriault die Doktorwürde;Theriault ist Autor verschiedener Publikationen zu alt-katholischen Persönlichkeiten, aber auch zu Vaganten-Bischöfen

<u>Kanada:</u>

OLD CATHOLIC CHURCH OF CANADA, Mississauga, Ontario
Presiding Bishop: Patricia Davies
seit ca. 1950 selbstständig
....

The Community Catholic Church of Canada
Früher: The Old Catholic Church of Canada

Im November 2005 besucht der alt-katholische Priester Jürgen Wenge (oben rechts) aus Deutschland die „Old Catholic Church of British Columbia;" hier mit den „Bischöfen" McFerran (oben) und LaPlante (unten) bei einer Feier mit „Indianern"

Presiding Bishop: Patricia Davies
Gegründet 1960 als Old Catholic Church of Canada
....

Community Catholic Church of Canada
St. Cuthbert Ministries
Frühere Namen: Catholic Church of Canada (Jan. 2007)
....

St Cuthberts Liberal (Old) Catholic Parish
Presiding Bishop: Patricia Davies
....

Bethany Charismatic Catholic Church of Canada (and USA)
Früherer Name: Charismatic Catholic Church of Canada
Bischop: Raymond Contois, Bishop of Brimfield
gegründet in den 1960er Jahren von Patriarch André Barbeau
....

Eglise Catholique Eucharistique – Eucharistic Catholic Church, Toronto
Archbishop LaRade, O.F.A.
gegründet 2006
....

The Old Catholic Church of British Columbia
Bishop: J. Gérard A. LaPlante, gegründet 1921

Schaut man sich die Internetauftritte oder die zumeist im Selbstverlag hergestellten Bücher und Hefte dieser „Kirchen" an, wird man feststellen müssen, dass es den betroffenen Personen in erster Linie um die äußere Darstellung als Bischof oder Priester geht. Jede Versammlung von römisch-katholischen Bischöfen, von alt-katholischen Bischöfen ganz zu schweigen, müsste vor Neid erblassen, wenn sie diese selbst ernannten „kirchlichen Würdenträger" sehen würden.

Und auch mancher positive Ansatz versickerte in der Vaganten-Subkultur. The Old Catholic Church of British Columbia nahm 2006 offiziell Kontakt mit Union von Utrecht mit dem Ziele des Beitritts auf. Im Jahre 2005 hatte der heutige Generalvikar des alt-katholischen Bistums in Deutschland und Pfarrer der Kölner Gemeinde Christi Auferstehung Jürgen Wenge der Alt-Katholischen Kirche in Britisch-Kolumbien einen Arbeitsbesuch abgestattet.

Versammlung der „Conference of North American Old Catholic Bishops"

Doch ein Communiqué der Sitzung der Internationalen Altkatholischen Bischofskonferenz (IBK) in Wislikofen/Schweiz vom 4. bis 8. Februar 2007 stellt fest: „Getrennte Wege. Von der im letzten Jahr von der IBK unter Bedingungen in die Utrechter Union aufgenommenen Old Catholic Church of British Columbia waren Bischof LaPlante und ein Berater anwesend. Der Bericht über die Tätigkeit, die gelebte Frömmigkeit und die nachfolgende Diskussion über die theologischen Grundlagen dieser Kirche warfen große Zweifel auf, ob ein gemeinsamer Weg tatsächlich möglich sei. Nach intensiven internen Gesprächen kam die Bischofskonferenz zum Schluss, dass sie ihre Entscheidung zur probeweisen Aufnahme der Old Catholic Church of British Columbia vom letzten Jahr revidieren muss. Sie gestand gegenüber Bischof LaPlante ein, einen Fehler in der Einschätzung einer möglichen gemeinsamen alt-katholischen Identität gemacht zu haben und erklärte ihm, dass der Weg zur Einbeziehung seiner Kirche in eine größere Gemeinschaft nicht über die Utrechter Union führen könne. Erzbischof Vercammen will sich nun dafür einsetzen, dass die Old Catholic Church of British Columbia vielleicht in der Anglikanischen Kirche vor Ort eine kirchliche Heimat finden kann.

Dr. Lazarus als „Heiliger Franziskus"

Aufgrund der gemachten Erfahrung zog die Bischofskonferenz auch den Schluss, dass die von ihr ausgearbeiteten Richtlinien zur Aufnahme von Kirchen in die Utrechter Union überarbeitet werden müssen.[25]

„Father" Kenneth Coppens von der Gemeinde der „Ökumenisch Katholischen Gemeinschaft des guten Hirten" aus Ninove/Belgien

Jürgen Wenge schrieb dazu in einer Email an den Verfasser am 18. Oktober 2010: „...Ich war Ende 2005 dort, um im Auftrag des Erz-bischofs (von Utrecht, der Verfasser) eine kleine, sich alt-katholisch nennende, Kirche zu besuchen. Leider ist aus den Beziehungen kein dauerhaftes Mitglied der Utrechter Union erwachsen - sie waren dann mit einer weiteren Bischofsweihe etwas schnell bei der Hand und haben sich ins klassische Vagantenmilieu begeben..."[26]

Alle diese sich Alt-Katholisch nennenden Gruppen in den USA und Kanada verbanden sich zwischen Anfang und Mitte 2011, trennten sich, neue kamen hinzu. Es herrschte eine Unglaubliche Geschwindigkeit - es war nicht nachvollziehbar. Daher sind letztlich immer nur Momentaufnahmen möglich, wie die nachfolgende:

Der selbsternannte Rev. Dr. Jakob Lazarus, LBJC, in seinem Lebenslauf zählt er dutzende Studienabschlüsse auf, wurde im Oktober 2011 zum Pastor der „Church oft the Holy Paraclete". Diese Gemeinschaft wurde von den „Little Brothers and Sisters of Jesus Caritas" gegründet – hier spielt Dr. Lazarus natürlich auch die leitende Rolle und lässt sich gerne im Internet als „Franziskus" abbilden. [27] Wie überhaupt alles diese Gruppen mit weiteren eigenen Gründungen oder Hinweisen auf angeblich weltweite Verbindungen aufwarten.

[25] Kopie dieses Communiqués im Archiv des Verfassers

[26] Email im Archiv des Verfassers

[27] Nach: http://www.blogger.com/profile/03631784505779543625; http://www.yourcatholicchurch.org/3.html

Und solche amerikanischen Gruppen gründeten auch Zweigstellen in Europa, so z.B. in Belgien. Kenneth Coppens, ein von einem Vaganten Bischof „geweihter" Priester, übernahm 2010 in Ninove eine leerstehende alte Kapelle von 1611 und gründete dort eine Gemeinde der Ökumenisch Katholischen Gemeinschaft des guten Hirten.[28]

Von „Father" Coppens „übernommene" ehemalige Wallfahrtskirche im belgischen Ninove

Wie steht die Alt-Katholische Kirche zu diesen "Episcopi Vagantes"[29] und der "Apostolische Sukzession"?

Der Belgier „Monsignore" Rene´ Vilatte gründete unzählige Vaganten-Gemeinschaften

Die „Episcopi Vagantes" sind nach alt-katholischer Auffassung "Bischöfe", die nur kleine private Gruppen, aber keine wirklichen Gemeinden und schon gar keine rechtmäßige kirchliche Organisation hinter sich haben. Sie üben ihr Amt, das sie vielfach mit hochtrabenden angemaßten Titeln versehen, in ihrem eigenen Namen, ohne kirchlichen Auftrag und darum in ungültiger und unrechtmäßiger Weise aus.

Die beiden Haupturheber dieser Gruppen sind Joseph René Vilatte und Arnold Harris Mathew.

Vilatte, ein zum Anglikanismus konvertierter römisch-katholischer Belgier, hatte im Auftrage seines anglikanischen Bischofs vom Bischof der Christkatholische Kirche der Schweiz Eduard Herzog die Priesterweihe empfangen. Er war beauftragt, in der bischöflich-

[28] Nach: http://oldcatholicnews.blogspot.com/
[29] wörtlich: umherschweifende Bischöfe

amerikanischen[30] Kirche die belgischen Gemeinden zu betreuen. Unter dem Widerspruch seiner kirchlichen Behörden ließ er sich, ohne eigene Gemeinden zu haben, angeblich von einem Bischof der syrisch-jakobitischen Kirche von Malabar auf Ceylon zum Bischof weihen.

Zur jakobitischen Weihe von Vilatte: „Am Ende des 19. Jahrhunderts unternahm unter Patriarch Ignatius Petrus III. (IV.) die Syrisch-Orthodoxe Kirche ihrerseits kurzfristig den Versuch, Tochterkirchen abendländischer („alt-katholischer") Tradition zu begründen. Eine Gruppe ehemaliger Katholiken des Patriarchats Goa schloss sich unter Beibehaltung ihrer lateinischen Liturgie der Syrisch-Orthodoxen Kirche an und erhielt von dieser 1889 einen eigenen Erzbischof von Ceylon, Goa und Indien in der Person des Antonio Francisco Xavier Alvares mit dem Amtsnamen Mar Julius I. Dieser weihte am 29. Mai 1892 in Colombo (Ceylon) mit Zustimmung des Patriarchen Joseph René Vilatte nach Römischem Ritus zum Erzbischof für Amerika. Dieser ging nach so erlangter apostolisches Sukzession aber seine eigenen Wege und weihte eine Reihe alt-katholischer Bischöfe außerhalb der Utrechter Union.[31]

Nach seinem Tode wurde Vilatte auf einem römisch-katholischen Friedhof in Paris beigesetzt. Auf seinem Grabstein wird darauf verwiesen, dass er der Gründer der Alt-Katholischen Kirche Amerikas sei.[32]

Der Engländer Mathew erschlich sich die Bischofsweihe vom Erzbischof von Utrecht unter Vorlegung einer gefälschten Wahlurkunde. Als der Betrug aufgedeckt wurde, wurden die Beziehungen zu ihm sofort abgebrochen.

Beide waren Bischöfe ohne Kirchen, was sie aber nicht hinderte, eine ganze Reihe von anderen kirchlichen Abenteurern zu Bischöfen und Priestern zu weihen, die heute noch, vor allem in Amerika, am Werke sind. Mit ihren ersten Gruppen, wie etwa der "Amerikanisch-katholischen Kirche", der "Alt-Katholischen Kirche in Amerika" oder der "Morgenländisch-altrömisch-katholischen Kirche" (oder der »Anamchara Celtic Church«, der »Independent Catholic Church of America«, der

[30] die Anglikaner nennen ihre Kirche in den USA Protestant Episcopal Church (Protestantische Bischöfliche Kirche)

[31] Nach http://de.wikipedia.org/wiki/Syrisch-Orthodoxe_Kirche_von_Antiochien sowie Bob Caruso in einer Email vom 30.07.2011 an den Verfasser (Email im Archiv des Verfassers).

[32] Nach Msgr. René Vilatte: Community Organizer of Religion (1854-1929) by Serge, A. Theriault (Paperback - Dec 1, 2006)

»Christian Catholic Church USA«, der »Christ Catholic Church International« - auch diese Auflistung kann nur unvollständig sein.[33]

Mit alledem haben die alt-katholischen Kirchen der Utrechter Union nichts zu tun. Die „Bischofsweihen“ dieser Gruppen und Grüppchen und Einzelkämpfer sind nach alt-katholischer Auffassung nicht nur ungesetzlich, sondern ungültig, weil sie - obwohl in der apostolischen Sukzession rituell korrekt vollzogen - ohne rechtmäßig kirchlichen Auftrag erfolgt sind. Bischof Herzog hat die alt-katholische Stellungnahme in folgende zwei Thesen zusammengefasst:

1. Eine unter falschen Vorgaben und mit Vorweisung gefälschter Dokumente erschlichene Konsekration kann nicht als gültig anerkannt werden, auch wenn der Weiheritus von wirklichen Bischöfen genau vollzogen worden ist.
2. Wenn der Satz gilt: nulla ecclesia sine episcopo (keine Kirche ohne Bischof), so ist umgekehrt auch der Satz anzuerkennen: nullus episcopus sine ecclesia (kein Bischof ohne Kirche). Ein Mann, der von keiner organisierten Kirche nach den für sie maßgebenden Gesetzen zur Bekleidung des Bischofsamtes in aller Form ernannt ist, sondern eigenmächtig und in persönlichem Interesse das Bischofsamt zu erwerben sucht, wird auch dann nicht gültig zum Bischof konsekriert, wenn der Weiheritus genau beobachtet wird."

Vaganten-Bischof Romulo Braschi

In diesen beiden Sätzen wird Einschlussweise auch das alt-katholische Verständnis der apostolischen Sukzession und des Bischofsamtes ausgesprochen, nämlich: dass beide ohne die Gemeinde (für die sie bestimmt sind) ihr Recht verlieren.

In diesem Sinne haben die Alt-Katholiken auf der Edinburgher Konferenz von 1937 mit besonderer Bezugnahme auf das Bischofsamt folgende Erklärung abgegeben:

[33] Nähere Informationen hierzu: HINWEIS auf kopiertes Buch it Suksessiosnlsite sowie folgende Bücher u.a. Msgr. René Vilatte: Community Organizer of Religion (1854-1929) by Serge, A. Theriault (Paperback - Dec 1, 2006); Who Are the Independent Catholics? by John P. Plummer and John R. Mabry (Paperback - Aug 1, 2006);
The Many Paths of the Independent Sacramental Movement by John Paul Plummer (Paperback - May 30, 2006); Episcopi Vagantes and the Anglican Church by Henry R. T. Brandreth (Paperback - Feb 1, 2006) ; The Old Catholic Missal & Ritual by A. h. Mathew (Hardcover - Nov 30, 2005)

"Die Alt-Katholiken halten daran fest, dass der Episcopat apostolischen Ursprungs ist und zum Wesen der Kirche gehört. Die Trägerin des Amtes ist die Kirche. Die Amtspersonen handeln einzig in ihrem Auftrag. Das Amt wird empfangen, verwaltet und weitergegeben in demselben Sinn und auf dieselbe Weise, wie die Apostel es der Kirche weitergegeben haben. Die Unzertrennlichkeit von Kirche (Gemeinde) und Amt und das nicht unterbrochene Bestehen beider ist die apostolische Sukzession.[34]"

Wie ernst die Alt-Katholiken mit diesem Problem umgehen, zeigte sich im Jahre 2004 beim Abbruch der Beziehungen zwischen der Internationalen Alt-Katholischen Bischofskonferenz (IBK) und der alt-katholischen Kirche der Slowakei – hierzu wurde weiter oben bereits berichtet. Die Internationale Bischofskonferenz stellt fest: ... Die IBK kann niemals aus ekklesiologischen Gründen gemäß ihrem Statut und der Vereinbarung eine Vagantenweihe gut heißen, und wenn eine solche geschehen ist, ihrerseits nur den Bruch mit der Union feststellen...[35]"

Zum Schluss möchte der Verfasser noch auf eine eher untypische Vaganten-Gemeinde verweisen. Untypisch weil sie zu über 90 % aus weiblichen Priesterinnen und Bischöfinnen besteht, welche sich „Initiative für Weiheämter für Frauen in der römisch-katholischen Kirche" nennt. Untypisch aber auch, weil sie, im Gegensatz zu den meisten anderen Vaganten-Gruppen einen gewissen Bekanntheitsgrad erreicht hat.

Während die meisten Alt-Katholischen Kirchen sowie die sich als ebenfalls katholisch verstehenden Anglikanischen Kirchen seit vielen Jahren das Priesteramt für Frauen und seit einiger Zeit auch das Amt der Bischöfe für Frauen kennen, lehnt die Römisch-Katholische Kirche jede Form der Weihe für Frauen ab.

Eine Gruppe von vielen Frauen und wenigen Männern fand sich zusammen; von 1999 bis 2002 fand eine Ausbildung statt die 2002 auf einem Donauschiff zur „Priesterweihe" von Frauen führte. Die Gründerin der Bewegung Christine Mayr-Lumetzberger, wurde zwischenzeitlich zur „Bischöfin" geweiht und vertritt die Bewegung nach außen.

---

[34] nach: http://www.alt-katholisch.de/info/vagans.htm; weitere Informationen und Selbstdarstellungen zu diesem Thema u.a. unter: Edmund Plaszynski, mit Krummstab und Mitra, P.-Meier-Verlag, St. Augustin, 1970; http://www.indmovement.org/; http://www.tboyle.net/Catholicism/Outline.html; http://www.angelfire.com/on3/Database; http://www.neuchristen.com/; http://www.krb-selbstverlag.de/;

[35] aus: Christen heute, Ausgabe Juli 2004 unter http://www.christen-heute.de/ARC/5-7-04.html

Weihebischof war der aus Argentinien stammende Msgr. Romulo Braschi. Mit ihm und seiner Ehefrau Alicia Cabrera-Braschi, die inzwischen ebenfalls zur Bischöfin geweiht ist, steht die Bewegung in Verbindung.[36] Bei Romulo Braschi handelt es sich um einen bekannten Vaganten-Bischof und „Kirchengründer“.

Neben der umstrittenen, angeblich auch mehrfach erfolgten, "Bischofsweihe(n)" Romulo Braschis sind inzwischen auch gewichtige Zweifel an der Seriosität seiner Glaubensgemeinschaft, der "Katholisch Apostolischen Charismatischen Kirche 'Jesus König'" aufgetaucht. Nach Angaben des Erzbischöflichen Ordinariats München und Freising (Juni 2002) gründete er zunächst 1975 eine "Unabhängige Kirche Santa Ana in Buenos Aires", 1978 sei dann die Gründung einer "Katholisch-Apostolischen Charismatischen Kirche" erfolgt, die seit dieser Zeit auch in Kontakt zu einer nach eigenen Angaben "von Rom unabhängigen katholisch-apostolischen Kirche Brasiliens" stehe...

„Bischöfin“ Christine Mayr-Lumetzberger bei einer Hochzeit

Allerdings scheinen Zweifel an seiner "Kirche" angebracht: die Zahl seiner Gläubigen in Deutschland, von ihm selbst mit 250 Personen angegeben, wird auf etwa 50 Anhänger geschätzt, Braschis Frau Alicia Cabrera Braschi spricht selbst von nur "ein paar Dutzend" Gläubigen in der Schweiz. Im Vereinsregister München taucht Braschi außerdem auch noch als Gründer (1996) des Vereins "Carismatica-Oxala-Nana, Natur-Religion" auf, die als die "afro-argentinische Umbanda-Religion des Volkes Gege Naga" bezeichnet wird.

Angesichts dieser Konfusion wirkt die Ablehnung der Aufnahme seiner Gruppe in die "Arbeitsgemeinschaft Christlicher Kirchen" (ACK) in München durchaus nachvollziehbar. Sein Antrag auf Einschreibung seiner Organisation in das "Nationale Register der Religionsgemeinschaften" in Argentinien (merkwürdig dabei der Namenszusatz "Deutschland") wurde 2001 ebenfalls verweigert, u.a. auch, weil "die Existenz einer wirklichen religiösen Gemeinschaft nicht gewährleistet" sei, sondern "nur der individuelle Plan einer Person (bestehe), eine Kirche zu errichten, die bis jetzt in diesem Land nicht

[36] Nach http://www.priesterinnen.net/wirueberuns.html

existiert". Damit fehle es "an der unerlässlichen soziologischen Mindestbedingung" für eine Registrierung.

Sowohl die Gruppe "Weiheämter für Frauen" als auch die österreichische Zeitschrift "KIRCHE IN" behaupten, Romulo Braschi sei nach seiner "Bischofsweihe" 1998 durch "Bischof" Padin ein zweites Mal von einem römisch-katholischen Bischof, und zwar dem verheirateten Bischof Jeronimo Podestá geweiht worden. Dieser ist im Juni 2000 verstorben, seine Witwe hat die Version einer "Bischofsweihe" Braschis durch ihren Mann vor der "Priesterinnenweihe" dementiert.[37]

Man sieht auch hier wieder das typische Verhalten eines Vaganten-Bischofs. Da sich die Gruppe "Weiheämter für Frauen" eines solchen „Bischofs" bedient hat, stellt sie zum einen in eine typische Vaganten-Ecke; letztlich schadet sie damit sicherlich auch ihrem eigentlichen Ansehen. Da sie vorgibt, dass es auch „Katakomben-Geweihte" gäbe, kann schon durch diesen Umstand nicht überprüft werden wie stark die Gruppe tatsächlich ist.

Offizielles Porträt der „Bischöfin" Christine Mayr-Lumetzberger

Wie arm muss es um manche Menschen, um eine Gesellschaft, muss es aber auch um die Kirchengemeinschaften mitunter stehen, das solche Phänomene auftreten. Das Menschen glauben durch das „Spielen" von Kirche, durch obskure Weihen, durch kirchliche Gewänder und und und sich selber und anderen ein Stück Geistlichkeit verschaffen zu können.

Und wie muss es um manche Menschen bestellt sein, die dafür sorgen, dass diese selbsternannten „Bischöfe" und „Priester" oft von ihren „freien" Serviceleistungen leben können.

Sollte der Gründer der Scientology-Sekte L. Ron Hubbard Recht gehabt haben, als er in einem seiner Bücher sinngemäß darauf hinwies, das man am ehesten Geld verdienen könne, wenn man eine Religion gründen würde?

Zum Schluss muss nochmals darauf verwiesen werden, dass eine solche Abhandlung nie vollständig und abgeschlossen sein kann. Die Personen und „Gemeinden" im Bereich der Vaganten sind einem

[37] Nach: http://alt.ikvu.de/html/archiv/ikvu/frauenordination/braschis-kirche-argentinien.html

ständigen Fluss unterworfen. Emailseiten die Montag noch aufgerufen werden können, sind wenige Tage später gesperrt. [38]

[38] Alle gezeigten Dokumente und Fotos stammen aus dem MJB-Archiv und frei zugänglichen Internetquellen.

Printed by Books on Demand GmbH, Norderstedt / Germany